U0595992

《诗刊》社 / 编

『青春诗会』诗人精品手稿选

墨韵青春

上卷

时代出版传媒股份有限公司
安徽文艺出版社

图书在版编目（CIP）数据

墨韵青春："青春诗会"诗人精品手稿选：全二册/
《诗刊》社编.—合肥：安徽文艺出版社，2022.8
ISBN 978-7-5396-6707-2

Ⅰ．①墨… Ⅱ．①诗… Ⅲ．①诗集－中国－当代
Ⅳ．①I227

中国版本图书馆 CIP 数据核字(2022)第 033248 号

MOYUN QINGCHUN:"QINGCHUN SHIHUI"SHIREN
JINGPIN SHOUGAO XUAN

出 版 人：姚 巍　　　　　　　执行主编：王晓笛
责任编辑：宋潇婧　　　　　　　封面设计：鸿儒文轩

出版发行：安徽文艺出版社　　www.awpub.com
地　　址：合肥市翡翠路 1118 号　邮政编码：230071
营 销 部：(0551)63533889
印　　制：三河市华东印刷有限公司　(010)61594404

开本：880×1230　1/32　印张：16.75　字数：350 千字
版次：2022 年 8 月第 1 版
印次：2022 年 8 月第 1 次印刷
定价：158.00 元(上、下卷)

序

著名评论家、诗人　唐晓渡

　　近日，忽然读到这样一本以诗人墨迹方式呈现的诗集，真如踏雪赏花或刨地刨出一块"狗头金"，称得上是一件奢侈之事。

　　竟日头晕目眩之际，忽一阵神清气爽，想不慨叹奢侈都难。事实上，若不是缘于去岁一件真正的大事，即《致青春——"青春诗会"40年》的出版，也就不会有我正试图举荐的这部诗集。

　　那是2021年诗坛不折不扣的大事之一：全八卷，数百首诗篇；475位入选作者，跨度四十载；一段诗歌史进程以共时的窗口方式呈现，一个久负盛名的当代诗歌品牌自我展示其迭代生成的纵深——称这样一个文本集合事件为"大"，依我之见，当不只指陈其外观的大体量，更指陈其内含的大功德。

　　作为这八卷本的"延伸产品"之一，本诗集必也分享了其间的功德；与此同时，其无可替代的功德所在，却又远非"延伸"一词所能涵括。我当然乐意指明其版本或文献学意义上的贡献，然而，离开了"墨迹本"这一独特的价值维系，则此二者也将失却凭附。就此而言，与其说这是一部"延伸产品"，不如说这是一部"深度产品"。

　　深就深在"墨迹即心迹"。深就深在这墨迹突显了"书写"本身的意味，可以透过其字形、笔触、措置、页面经营等要素的综合个性特征，为阅读带来更原始的现场感，更有机也更柔软的质地，以及更远阔且更深致的想象空间。据此不仅可以穿透印刷体无可避免的面具或制服效应，更令人直观地感受到那令一首诗在生命和语言的能量交换中结晶的精神冶炼之火，而且可以更鲜明、更立体地辨识出那颠仆其间、正经受着同一冶炼洗礼的个体诗人形象：他（她）随节奏的抑扬顿挫而变幻不定的表情；他（她）在与沉默搏击过程中运思的犹疑与果决；他（她）习惯的无意识或无意识的习惯；他（她）的天赋和养成、优长和缺陷、单纯和复杂……印刷体文本自能唤起相类的阅读效应，却显然不如墨迹本更亲切，更易于融入我们内部。重要的是，意识到这些，丝毫不会妨碍我们领略不同诗人和文本间的风格差异，相反会强化这种差异，并提供某种意外的比较角度。由此，"书写"不再是通常认为的工具行为，而成为一首诗自我完成的节点之一，或所谓"诗意"生成的内在元素。

在软／硬笔早已为电脑的键盘普遍取代，而印刷术也早已深入家庭的今天，仍然谈论这些是否有点矫情？好吧，就算是，我也更愿意将其视为我所谓"奢侈"的一部分。我甚至要说，正是这一点似乎是多余的奢侈，支持着"墨迹本"的独立存在价值，令其即便在分析的层面上也充满诗学的魅力。

印刷术本源起于中国，但若说到以自由书写反抗、破解印刷体对生命／语言内涵诗意的遮蔽、缩削和损害，说到执着于此道的沉迷之深、用心之细、技艺之精、持恒之久，举世无出中国其右者。显然，这里"墨迹"所承载的，与其说是个体的自由意志，不如说是某种神秘的文明基因。这基因凝聚了"独与天地往还"的古老智慧，经由汉字（语）构成及其书写方式的最初发明和持续演化而得以存身，从一开始就以其内蕴的绵绵诗意，不仅参与且滋润着中华文明漫长的自我构建，而且赋予了传统文脉独特的格调和底色，包括一套有机的自我评价系统。从"书（字）如其人"到"诗如其人""文如其人"，悠悠岁月中，多少英才豪杰来而复去，然所持的尺度却自能一以贯之；这个令人味之无穷的"一"，难道不正指代那个神秘的基因吗？

当然，没有谁会因为这本诗集中相当一部分墨迹尚囿于符号范畴，就去否定其整体上无可替代的价值。在敞向未知的宿命中，诗的创造本性从来信守化无常为日常。也许再过二十年，还会有人在另一种情势下，怀着另一种心情，再来举荐这本汇聚着新老青春气息与墨迹的诗集。

尽管如此，我还是忍不住发出一声轻轻的感叹。我是多么希望，这声感叹表达了我对这本诗集的策划组织者和拍板出版者的由衷感佩。

是为序。

2022年海棠花开，世茂奥临

目录

·上卷·

·下　卷·

工厂附近是大海　對水的認識就是
對水的認識凝固寒冷易碎這些都
是透明的代價透明是一種神秘的
能看見波浪的語言在說出它的
時候已經脫離了它脫離了盂于茶

幾穿衣鏡你有這些具體的成批生產
的物質但我又置身於物質的包圍之
中生命欲望充滿語言溢出枯竭在
透明之幾語言就是飛翔就是以空曠
對空曠以閃電對閃電

歐陽江河

欧阳江河手书　《玻璃工厂》(节选)

中国，我的钥匙丢了

梁小斌

墨韵青春——「青春诗会」诗人精品手稿选

梁小斌（1954~　），安徽合肥人，朦胧诗代表诗人。1972年开始诗歌创作，他的诗《中国，我的钥匙丢了》《雪白的墙》被列为新时期朦胧诗代表诗作。1980年参加《诗刊》社第一届"青春诗会"。诗作《雪白的墙》获中国作家协会1979~1980年首届全国中青年诗人优秀新诗奖。1991年加入中国作家协会。2005年中央电视台新年新诗会上，梁小斌被评为"年度推荐诗人"。

中国，我的钥匙丢了。

那是十多年前，
我沿着红色大街疯狂地奔跑，
我跑到了郊外的荒野上欢叫，
后来，
我的钥匙丢了。

心灵，苦难的心灵
不愿再流浪了，
我想回家
打开抽屉、翻一翻我儿童时代的画片，
还看一看那夹在书页里的
翠绿的三叶草。

而且，
我还想打开书橱，
取出一本《海涅歌谣》，
我要去约会，
我要向她举起这本书，
作为我向蓝天发出的
爱情的信号。

这一切，
这美好的一切都无法办到，
中国，我的钥匙丢了。

天，又开始下雨，
我的钥匙啊，
你躺在哪里？
我想风雨腐蚀了你，
你已经锈迹斑斑了；
不，我不那样认为，
我要顽强地寻找，
希望能把你重新找到。

太阳啊，
你看见我的钥匙了吗？
愿你的光芒
为它热烈地照耀。

我在这广大的田野上行走，
我沿着心灵的足迹在寻找，
那一切丢失了的，
我都在认真地思考。

中國 我的钥匙丢了

涂小诫

中國，我的钥匙丢了。

那是十多年前
我沿着红色大街疯狂地
奔跑，
我還跑到郊外的荒野

歡叫，
后来，
我的钥匙丢了。

心灵，苦難的心灵
不愿再流浪了，
我想回家
打开抽屉。

我的钥匙啊
你呆在哪里.
我想风也许吹跑了你
你已经锈蚀进泥土了
不，我不那样认为.

我要顽强地寻找，
希望能把你重新找到.

太阳啊
你看见了我的钥匙了吗.
愿你的光芒
为它编到地照亮.

我在这广大的世界上行走，
我沉着心灵的足迹在寻找.
那一切丢失了的
我都在认真地思考.

杨牧（1944~　），四川渠县人。1958年开始发表作品。1980年参加《诗刊》社第一届"青春诗会"。1982年加入中国作家协会。著有诗集《野玫瑰》《雄风》《边魂》、长篇自叙传《天狼星下》、诗文总集《杨牧文集》等二十余部。诗作《我是青年》获中国作家协会1979~1980年首届全国中青年诗人优秀新诗奖，诗集《复活的海》获第二届全国中青年诗人优秀新诗（诗集）奖，《天狼星下》获中国广播文艺政府奖，文字主创电视片《西部畅想曲》获第一届全国电视文艺星光奖一等奖、第二届全国少数民族题材电视艺术骏马奖最佳奖。

我是青年

杨　牧

人们还叫我青年……
哈……我是青年！

我年轻啊，我的上帝！
感谢你给了我一个不出钢的熔炉，
把我的青春密封、冶炼；
感谢你给了我一个冰箱，
把我的灵魂冷藏、保管；
感谢你给了我烧山的灰烬，
把我的胚芽埋在深涧！
感谢你给了我理不清的蚕丝，
让我在岁月的河边作茧。
所以我年轻——当我的诗句
出现在人们面前的时候，
竟像哈萨克牧民的羊皮口袋里
发酵的酸奶子一样新鲜！

……哈，我是青年！

我年轻啊，我的胡大！
就像我无数年轻的同伴——
青春曾在沙漠里丢失，

只有叮咚的驼铃为我催眠；

青春曾在烈日下暴晒，

只留下一个难以辨清滋味的杏干。

荒芜的秃额，也许是早被弃置的土丘，

弧形的皱纹，也许是随手画出的抛物线。

所以我年轻——当我们回到

春天的时候，

你看看我，我看看你，

哈……我们都有了一代人的特点！

我，以青年的身份

参加过无数青年的会议，

老实说，我不怀疑我青年的条件。

三十六岁，减去“十”，

正好……不，团龄才超过仅仅一年！

《呐喊》的作者

那时还比我们大呢；

比起那些长征途中

永远不衰老的年轻战士，

我们还不过是“儿童团”！

……哈，我是青年！

嘲讽吗？那就嘲讽自己吧，

苦味的辛辣——带着咸。

祖国啊！

是您应该为您这样的儿女痛楚，

还是您的这样的儿女，

应该为您感到辛酸？

我，常常望着天真的儿童，

素不相识，我也抚抚红润的小脸。

他们陌生地瞅着我，歪着头。

像一群小鸟打量着一个恐龙蛋。

他们走了，走远了，

也许正走向青春吧，

我却只有心灵的脚步微微发颤……

……不！我得去转告我的祖国：

世上最为珍贵的东西，

莫过于青春的自主权！

我爱，我想，但不嫉妒。

我哭，我笑，但不抱怨。

我羞，我愧，但不自弃。

我怒，我恨，但不悲叹。

既然这个特殊的时代

酿成了青年特殊的概念，

我就要对着蓝天说：我是——青年！

我是青年——

我的血管永远不会被泥沙堵塞；

我是青年——

我的瞳仁永远不会拉上雾幔。

我的秃额，正是一片初春的原野，

我的皱纹，正是一条大江的开端。

我不是醉汉，我不愿在白日说梦；

我不是老妇，絮絮叨叨地叹息华年；

我不是猢狲，我不会再被敲锣者戏耍；

我不是海龟，浑浑噩噩而益寿延年。

我是鹰——云中有志！

我是马——背上有鞍！

我有骨——骨中有钙！

我有汗——汗中有盐！

祖国啊！

既然你因残缺太多

把我们划入了青年的梯队，

我们就有青年和中年——双重的肩！

我是青年

杨牧

作者自我简介：生于一九四〇年，三三岁，属
湖猴。因久居沙漠，为躲乙刻有遇长发并
两逆辫发，因脑血热，毅顶上去 25% 左右的头发。

人们还叫我青年……
哈……我是青年！

我年轻啊，我的上帝！
感谢你给了我一个不锈钢的熔炉，
把我的青春密封、冶炼；
感谢你给了我一个冰箱，
把我的灵魂冷藏、保管；

感谢你给了我煅山的灰烬，
把我的胚芽埋在深涧；
感谢你给了我理小清的香丝，
让我在岁月的河边作茧。

话以我年轻——当我的诗句
出现在人们面前的时候，
竟像哈萨克牧民的羊皮口袋里
发酵的酸炒子一样新鲜！
……哈，我是青年！

我年轻啊，我的胡大！

就像我无数年轻的同伴——

青春曾在沙漠里丢失；
只有丁点的驼铃为我催眠，
青春曾在烈日下曝晒，
只留下一不娃以辨清滋味的杏干，
苍老的皱纹，也许是早被弃置的土丘，
妩形的裂纹，也许是随手画出的抛物线。
此以我年轻——当我们回到
春天的时候，
你看～我，我看～你，
哈……我们都有了第一代人的特点。

我，以青年的身份

参加过无数青年的会议，
老实说，我不怀疑我青年的条件，
三十六岁，或去十。
心好……不，问路才超过仅仅三一年！
《呐喊》的作者
那时还比我们大呢，
比起那些长征途中
永远不衰老的年轻战士，
我们还不过是"儿童团"。
……哈，我是青年！
嘲讽吗？那就歌讽自己吧，
苦味的辛辣——洋着盛。

祖国啊！

是您应该为您这样的儿女痛楚，
还是您应该为您这样的儿女
应该为您感到辛酸？

我，常常坐着看天真的儿童，
素不相识；我也抚～红润的小脸，
他们陌生地瞅着我，歪着头，
像一群小鸟打量着不速龙客？

他们走了，走远了，
也许少走向青春吧。
我却只有心灵的脚步散～发颤……
……不！我得去转告我的祖国：
世上最为珍贵的东西，

莫过于青春的自主权！

我爱，我想，但不嫉妒，
我哭，我笑，但不抱怨，
我着，我恼，但不自弃，
我怨，我恨，但不悲叹。

既爱～这个特殊的概念，
眼成～青年特殊的时代，
我就要对着蓝天说：我是——青年！

我是青年——
我的血管永远不会被沉沙堵塞；
我是青年；
我的瞳仁永远不会挂上雾慢。

我的老躯，已是一片枯黄的原野，
我的皱纹，宛是一条大江的平滩。

我不是醉汉，我不愿在白日说梦；
我不是老妪，絮絮叨叨地叹息华年；
我不是狐狸，我不会再被激讨着戏耍；
我不是海龟，穿穿虽虽而益寿延年。

我是窝——空中有雕！
我是马——背上有鞍！
我有骨——骨中有钙！
我有汗——汗中有盐！

祖国啊！、
既然您因残缺太多
把我们划入了青年的梯队，
我们就有青年和中年——双重的肩！

一九○年情事令　羊于北京虎坊桥
二○二○年夏重书　补于成都碧云天
　　　　时七十六岁

顶礼，博格达（节选）

徐敬亚

徐敬亚（1949~ ），诗人、评论家。1980年参加《诗刊》社第一届"青春诗会"。1982年毕业于吉林大学中文系。1985年迁居深圳。著有诗歌评论《崛起的诗群》《圭臬之死》《隐匿者之光》及散文随笔集《不原谅历史》等。曾主持"1986中国现代诗群体大展"，并主编《中国现代主义诗群大（1986~1988）》。

博格达，三座雪峰

如三头狮子

披着白雪，从深不可测的虚无中

轰隆隆升起

群山之巅，浮动起一片

高高在上的表情

第一次看见你，博格达

我说天啊，你竟能

沿着一条不存在的斜线

在那么高的天空上站稳脚

伸出无边的手

在苍茫的虚空中

画出一道牙齿的轮廓线

以终结者的名义

统一群山

无法企及的美人

博格达峰，你用海拔无声地

命令我仰起头

仰到极限

那角度，正是我内心

承接霞光普照时的姿态

引我向高者，为尊
牵我出离尘世者，为神

在乌鲁木齐，在阜康，在达坂城
你突然出现在城市上空
像一个悬浮的箴言，仿佛
不真实地横在云中
更像偶尔泄露的
天堂一角

顶礼，博格达（节选）

徐敬亚

博格达，三座雪峰
如三头雄狮子
披着白雪，从深不可测的虚无中
轰隆～升起
群山之巅，凝油起一片
高～在上的表情

笔谈看见你，博格达
我说天呵，你竟能
沿着一条不存在的斜线
左脚踩高的天空上站稳脚
伸出无边的手，左苍茫的空旷中
以俯瞰者的名义
洗一座山

无法企及的美人
博格达峰，你的海拔无声息
命令我仰起头
仰到极限
那角度，正是我内心
承受霞光普照时的姿态

引我向高者，为尊
牵我出肉尘世者，为神

在乌鲁木齐，在阜康，在达坂城
你突然出现在城市上空
像一个悲悯的箴言，仿佛
不卑不亢地 横在云中
更像偶尔泄露的
天堂一角

书诗达我
2020年7月18日

我感到了阳光

王小妮

墨韵青春——"青春诗会"诗人精品手稿选

王小妮（1955~ ），女，1982年毕业于吉林大学。1980年参加《诗刊》社第一届"青春诗会"。20世纪80年代移居深圳。曾担任海南大学人文传播学院教授。曾做过电影文学编辑，作品除诗歌外，还涉及小说、散文、随笔等。2001年受邀赴德国讲学，曾获美国安高诗歌奖。出版诗集《月光》《落在海里的雪》、随笔集《上课记》《上课记2》、小说《1966年》《方圆四十里》等三十余部。

沿着长长的走廊
我走下去……

呵，迎面是刺眼的窗子
两面是反光的墙壁
阳光，我
我和阳光站在一起！

呵，阳光原来这样强烈
暖得人凝住了脚步
亮得人憋住了呼吸
全宇宙的光都在这里集聚

我不知道还有什么存在
只有我，靠着阳光
站了十秒钟
十秒，有时会长于
一个世纪的四分之一

终于我冲下楼梯
推开门
奔走在春天的阳光里

我感到了阳光

王小妮

沿着长长的走廊
我走下去……

呵，迎面是刺眼的窗子
西面是反光的墙壁
阳光，我
我和阳光贴在一起

呀，阳光原来这样强烈，
暖得人凝住了脚步
老使人憋住了呼吸
全宇宙的光都在这里集聚。

我不知道还有什么存在
只有我，靠着阳光
站了十秒钟
十秒，有嘴会笑了
一个世纪的几分之一

终于我冲下楼梯
推开门
奔走在春天和阳光里

1980年4月 长春

小时候，我拾过鸥蛋

王自亮

王自亮（1958~　），浙江台州人。毕业于杭州大学中文系。1982年参加《诗刊》社第二届"青春诗会"。著有诗集《三棱镜》（合集）、《独翔之船》《狂暴的边界》《将骰子掷向大海》《冈仁波齐》《浑天仪》等。诗歌入选《青年诗选》（1981~1982）、《朦胧诗300首》和多种全国诗歌年度选本。获首届中国屈原诗歌奖、《诗刊》首届中国好诗歌提名奖、第二届江南诗歌奖等。部分作品被翻译成英语、西班牙语、葡萄牙语、意大利语等。

小时候，我拾过鸥蛋
在长满蒿草的石堆中
在被遗忘的角落
我被我的发现兴奋得发晕
我捧着，轻轻地
放在阳光下，放进温暖的沙窝
那半透明的外壳
包孕着小小的生命
一个海的未来
我常常把它托上头顶
它会飞的，我想
是的，我也会飞

海洋的秘密属于爸爸
鸥蛋是我发现的
它的秘密属于我

小时候，每人都有他的乐趣
我的乐趣是寻找失落草丛中的鸥蛋
救援比我更微小的生命
从此，我一天天站在海岸
瞭望大海中的帆船

瞭望盘旋桅尖的海鸥
寻找我抚慰过的那只翅膀

从此，在我心灵的荒岛上
总有一片属于自己的天地
总有几个光洁的鸥蛋

小時候，我拾过鸥蛋

王自亮

小時候，我拾过鸥蛋
在長满蒿草的石堆中
在被遗忘的角落
我为我的发现兴奋得发宰
我捧着，轻轻地
放在陽光下，放进温暖的沙窝
那半透明的外壳
包孕着小小的生命
一个涵的未来
我常常把它托上头顶
它会飞的，我想
是的，我也会飞

海洋的秘密属于爸爸
鸥蛋是我发现的
它的秘密属于我

小時候，每人都有他的樂趣
我的樂趣是寻找失落草丛中的鸥蛋
救援比我更微小的生命
从此，我一天天站在崖岸
瞭望大海中的帆船
瞭望盘旋桅尖的海鸥
寻找我抚慰过的那些翅膀

从此，在我心灵的荒岛上
总有一片属於自己的天地
总有听光法的鸥蛋，

作於1981年

墨韵青春——「青春诗会」诗人精品手稿选

许德民（1953~ ），生于上海。诗人、画家、书法家、抽象艺术家、理论家。中国作家协会会员、中国美术家协会会员、中国摄影家协会会员。1979年考入复旦大学经济系，1981年在复旦大学发起成立复旦诗社，系第一任社长，《诗耕地》主编。1982年参加《诗刊》社第二届"青春诗会"。诗歌曾获得《诗刊》优秀作品奖、首届《上海文学》奖和首届上海文学艺术奖等奖项。2005年主编《复旦诗派诗歌系列》十六部，开创复旦诗派，系复旦诗派代表性诗人。1985年开始绘画创作，抽象画作多次入选全国美展。出版诗集、画册、理论集十余部。

紫色的海星星

许德民

即便是威严的大海
也无力保护自己的孩子
在浩渺波涛中
一个生命的失踪已不是新闻了
我看见游览区的小篮子里
海星星被标价出售

当奶白色的海月水母
伴随你巡视洁白的珊瑚林
你是骄傲的小女王
让淡紫色的光芒
照耀马蹄骡和虎斑贝
而我只用了几枚小小的硬币
就换取了你
只是趴在我的手掌上
你柔软的肢体已变得僵硬

只有五个等边的触角
还是那样自信
自信而又哀伤
仿佛一遍一遍告诉我
你从来没有伤害过谁

你怀念海洋里
吹响蓝水泡的小伙伴
怀念不让小鲨鱼参加的
捉迷藏的游戏

人间对你来说是陌生的
或许，你只是从沉船的残骸上
从生锈的铁锚和折断的桅樯上
从少女飘沉的绣着并蒂莲的丝手绢上
猜到了一些人间的秘密
但更多的仍然是一个谜
你一定后悔过
不该走出你的天国
那片静静的珊瑚林
就连我也开始后悔
不该用你凝固的眼泪
装饰说不出话的墙壁
在我安宁的心里
竖起一座小小的墓碑
如果不知道世界上有你
心大概不会这么沉重

并不是所有的善良

都能得到应有的尊重

并不是所有的伤害

都是蓄谋已久的

海星星呵

让我们成为朋友吧

我的心是你的珊瑚林

当猜谜晚会结束的时候

在我和孩子们的眼睛里

你会升起来

走向西山顶

紫色的海星星

許德民

即使是威嚴的大海
也無力保護自己的孩子
在活躍而波濤中
一個生命的失蹤它不是孤獨了
我看見附賣區的小盤子裡
海星星被標價出售

當奶白色的海月水母
伴隨你逝去純潔的珊瑚礁
你是驕傲的小女王
穿淡紫色的先生
照耀馬蹄驢和龍蝦
而我只用了幾枚小小的硬幣
就換取了你
只是趴在我的手掌上

你柔软的脑体已变得僵硬
只有五圈等边的眉角
还是那样自信
自信而又哀伤
仿佛一遍一遍告诉我
你从来也没有伤害过谁
你怀念海洋里
交响蓝水泡的小伙伴
怀念不让小鱼重参加的
捉迷藏的游戏

人间对你来说是陌生的
或许，你已是从沉船的支撑上
从生锈的铁锚和折断的桅杆上
从少女头河的铺着莲蓬的绿手停住
猜到了一些人间的奥秘
但更多的仍然是一个谜

你一定後悔過
不該走出你的天國
那比靜靜的珊瑚林
花蕾也開始發揮
不該用你逼圍的眼淚
擦飾說不出話的牆壁
在我空寂的心裡
豎起一座小小的墓碑
如果不是這個世界上都空
心大概不會這麼沉重

並不是所有的善良
都能得到應有的尊重
並不是所有的傷害
都遭蕭譴責乙久的

海星呀呵
讓我們成為朋友吧
我心是你的珊瑚林
當耶誕晚會結束的時候
在我和孩子們的眼睛裡
你會升起來
走向西山頂

　　　　　　詩寫於1982年

钓台夜泊

柯　平

墨韵青春——「青春诗会」诗人精品手稿选

柯平（1956~　），祖籍宁波奉化。1983年参加《诗刊》社第三届"青春诗会"。现居湖州。从事写作多年，主要作品结集有《历史与风景》《文化浙江》《阴阳脸——中国传统知识分子生态考察》《运河个人史》《半生录》《多角戏》等。曾获人民文学奖、艾青诗歌奖、朱自清文学奖、郭沫若诗歌奖、首届中国屈原诗歌奖银奖等多项奖项。

春水再次漫上矶石
渔灯与星光在黑暗中互致私语
崇仰者蓑衣笠帽徘徊江畔
辨认智者的思想与心迹

松子依旧每夜固执地落满
他当年隐居的门前
而我在红尘里挣扎　　想象一根钓竿
睥睨权杖所需要的力量

早晨山中空寂、清冷
破败的羊裘内是谁在冥思
那双曾经架在皇帝身上的脚
反复深入青草和泥土

我贴近旅馆的窗户　　神情激荡
这时正好看见　　这个钓台
比起紫禁城里那个
好像高出了一些

钓台夜泊

柯平

春水再次 漫上矶石
渔灯与星光在黑暗中互致私语
紫御者蓑衣笠巾眉须徘徊回江畔
辨认智者的思想与心迹

松子依旧每秋同扑地落满
他当年隐居的门前
而我在红尘里挣扎 想象一根钓竿
日晚权杖所需要的力量

早晨山中空寂，清泠
破败的草莽内是谁在冥思
那双曾经探在皇帝身上的脚
反复深入青草和泥土

我贴近旅馆的窗户 神情激荡
这时正好看见 这个钓台
比起紫禁城里那个来
好象高出了一些

作于1994年．收入诗集《文化浙江》

野长城

王家新

王家新（1957～ ），生于湖北丹江口。中国当代诗人、批评家、翻译家。武汉大学中文系毕业。1983年参加《诗刊》社第三届"青春诗会"。著有诗集《纪念》《游动悬崖》《王家新的诗》《未完成的诗》《塔可夫斯基的树》，诗论随笔集《人与世界的相遇》《夜莺在它自己的时代》《没有英雄的诗》《黄昏或黎明的诗人》等，翻译集《保罗·策兰诗文选》《带着来自塔露萨的书：王家新译诗集》《新年问候：茨维塔耶娃诗选》《我的世纪，我的野兽：曼德尔施塔姆诗选》《死于黎明：洛尔迦诗选》；编选有中外现当代诗选及诗论集多种。曾获多种国内外文学奖。

在这里，石头获得它的分量
语言获得它的沉默
甚至连无辜的死亡也获得
它的尊严了
而我们这些活人，在荒草间
在一道投来的夕光中，却显得
像几个游魂……

野长城

在这里，石头获得充足份量
语言获得充足沉默
甚至连文章沉默也获得
　　　　充足尊严了
石头以这些法人，在气氛内
在一直投奔沉多走中，却显得
像以今幽灵……

　　　　三个氧，2013年

她，放飞神奇的鸽群

张建华

墨韵青春——「青春诗会」诗人精品手稿选

张建华（1957~ ），出生于四川开江。1983年参加《诗刊》社第三届"青春诗会"。1992年加入中国作家协会。出版由其创作或主编的诗歌、散文、随笔、报告文学集三十余种，数百万字。入选《中华文化名人大辞典》。曾获《诗刊》优秀作品奖、全国图书"金钥匙"奖、四川文学奖等奖项。

打开绿色的邮箱
那么多洁白的、浅蓝的、淡紫的信封
一起在她手上扑腾
仿佛放飞神奇的鸽群

从母亲的叮嘱里飞来的鸽子
从妹妹的凝望里飞来的鸽子
从情侣们的思念里飞来的鸽子……
全都栖在小小的邮箱
等待这个放飞的时辰
她因此而变得富有起来
拥有那么多母亲、妹妹和情侣们的秘密
手里，握着沉甸甸的责任

此时，她把所有的信件摆好
动作熟练地给每一个信封盖上日戳
那欢快而响亮的节奏
像一串激动的心跳
——心爱的鸽子就要起飞而引起的心跳
怦怦，怦怦……

她，放飞神奇的鸽群

放飞思念、问候
放飞淡淡的别绪、浓浓的乡情
放飞回忆与憧憬……
穿过浓雾、风和玫瑰色的黎明

和这些鸽子一道飞起来的
是少女的幻想和整个生活的进程

她，放飞神奇的鸽群

张建华

打开绿色的邮箱
那么多洁白的、烫金的、淡黄的信封
一起在她手上扑腾
仿佛放飞神奇的鸽群

从包裹的叮嘱里飞来的鸽子
从姐妹的叙旧里飞来的鸽子
从情侣们的思念里飞来的鸽子……
全部吓宿在小小的邮箱
等待这个放飞的妙晨
她因此而变得富有起来
拥有那么多母亲、姐妹和情侣们的秘密
手里，捏着沉甸甸的责任

此时，她把所有的信件攒好
动作熟练地给每一个信封盖上日戳
那又快而响亮的节奏
像一串激动的心跳
——心爱的鸽子就要起飞而引起的心跳
怦怦，怦怦……

她，放飞神奇的鸽群
放飞思念、问候
放飞浓浓的别情、淡淡的乡情
放飞回忆与憧憬……
穿过浓雾、风和玫瑰色的黎明

和这些鸽子一道飞起来的
是少女的幻想和整个爱情的进程

高原上的向日葵

张　烨

张烨（1948~　），女，生于上海。系中国作家协会会员，上海大学教授。1965年开始诗歌创作，1982年发表作品，1985年参加《诗刊》社第五届"青春诗会"。已出版六部个人诗集、一部散文集。诗集《鬼男》由爱尔兰脚印出版社翻译出版，本人应邀出席在都柏林举办的首发式。曾参加在奥斯陆举办的"中挪文学研讨会"。部分作品曾被译成八国文字。入选三百余部诗选集及多种文学性辞典。

你爱这一片辽阔无际的红土地
瞧你挥洒的金色情感
辉煌又漂亮，馨甜
如同婴儿笑唇的乳香

有谁知道你的忧伤呢
鲜红的忧伤流淌在躯茎
沉淀在根须
默默地渗透土壤，高原微微震颤

在你的转盘里嵌满的全都是
灰黄色的小茅屋
旋转，强烈而飞速的节奏
向着太阳旋转着你的痛苦和希望

当阴暗的天空没有一丝阳光
当你嫌一个太阳还太少
你的每一个转盘都变成了太阳
千万头金狮腾云狂舞
高原的天空燃烧得火辣辣的
金红的喧响格外悲壮

你深信每一个茅屋都将是宫殿

从茅屋里走出来的人

个个都是帝王

高原上的向日葵　陈耀辉

你爱这一片辽阔的红土地

瞧你捧着满金色情感　辉煌又漂亮，

馨甜如同婴儿笑唇的乳香　有谁知道

你的忧伤呢　鲜红如忧伤流淌在躯茎

沉溺在根须　默：地渗红土壤，高原

微微震颤　在你的轻舟里颠簸的全

都是大黄色，小茅屋　摇群、陈到富

飘逸 小节奏 向着太阳还 好着你的癫

和希望 青门暗的天空后有一缕阳光 你

你像一个太阳还太少 你的每一个跳动都要去吻

了太阳 千万头金狮膛云狂舞 豪奢的天

空燃烧得狂舞的金红的喷响稀别热烈

你深信每一个茅屋都将是宫殿 从茅屋

里走来的乂 你都为之辈

一九六五年八月写于贵州 第五届全

诗会 二0二0年元月抄

（周庆荣）

思想家

杨争光

杨争光（1957~　），生于陕西乾县。中国作家协会会员、中国电影家协会会员。1982年毕业于山东大学中文系，著有《公羊串门》《老旦是一棵树》《越活越明白》等小说；出版有十卷本《杨争光文集》。作品曾获星星年度诗歌奖、庄重文文学奖、夏衍电影文学奖、人民文学奖、广东省鲁迅文学艺术奖等。1985年参加《诗刊》社第五届"青春诗会"。作品被翻译为英文、法文、塞尔维亚文、俄文等在世界多国出版发行。电影《双旗镇刀客》编剧，电视连续剧《水浒传》编剧，《激情燃烧的岁月》总策划，《我们的八十年代》总编审。

思想衣服，纽扣和鞋
还有袜子
思想锅碗，油盐酱醋
还有水井
思想麦穗和谷穗
还有麦穗和谷穗里的颗粒
思想儿子
还有孙子
思想孙子的时候
就会思想苹果，还有杏
或者院子里的葡萄架
是思想里最浪漫的思想
与生死无关

她是我妈
她不会想更多的东西
也不愿意
六个月以前的那天
就不再思想了，因为
她死了

思想家

思想衣服、纽扣和鞋
还有袜子
思想锅碗、油盐酱醋
还有水井
思想麦穗和谷穗
还有麦穗谷穗里的颗粒
思想儿子
还有孙子
思想孙子的时候
就会思想苹果，还有杏
或者院子里的葡萄架
是思想里最浪漫的思想
与生存无关

她是我妈
她不会想更多的东西
也不原意
六个月以前的那天
就不再思想了，因为
她死了

杨章光

2020年5月24日于老家

黄果树大瀑布

何香久

何香久（1955~　），河北沧州人。毕业于北京大学中文系，中国作协会员，中国电影文学学会理事。1985年参加《诗刊》社第五届"青春诗会"。影视作品曾获中宣部第十三届"五个一工程"奖、第二十九届全国电视剧飞天奖一等奖、第十届中国电视金鹰奖最佳电视剧奖、上海市优秀文艺作品奖、河北省委宣传部"五个一工程"奖特别奖（两次）等奖项。

走近你　我是虔诚的朝圣者
你在百丈崖头哗然抖开一面
白色的旗帜（不是生命向死亡投降的白旗）
一万部雷在轰鸣而至
我不敢相信　你就是从那幽谷
飘逸而出的一抹白雪
一旦走到这没有路的山崖
你就会直挺挺地站起　纵身一跃
这纵身一跃　石破天惊的瞬间
便成为永恒
你在长天挂出一幅柔弱者宣言
从令懦夫目眩的高度
让人感受你精神与意志的
最大落差

黄果树大瀑布

何育之

走近你 我是虔诚的朝圣者
你在百丈崖头哗然抖开一面
白色的旗帜（不是生命向死亡投降的白旗）
一路都宿在轰鸣而至
我不敢相信 你就是从那山谷
飘逸而出的一抹白云
一旦走到这没有路的山崖
你也曾直挺挺的站起·纵身一跃

这纵身一纵 石破天惊的瞬间
便成为永恒
你在长天挂出一幅弱者宣言
从令懦夫目眩的高度
让人感受你 精神与意志的
最大落差

'1985. 8. 16贵阳
青春诗会

墨韵青春——「青春诗会」诗人精品手稿选

何铁生（1961~ ），生于北京。职业画家、诗人。1979年开始写诗，1985年参加《诗刊》社第五届"青春诗会"。在《人民文学》《诗刊》《星星》《绿风》《诗人》等海内外报刊发表三百余首（篇）诗歌、散文作品。出版有诗集《亚细亚荒原》《爱的三原色》和《苍白岁月》。

旅 人

何铁生

路旁的三色堇为谁而开？
门楣边的风铃响给谁听？
当黄昏染红河中的倩影，
旅人，你就是一颗星！

带来了远方云雀的欢鸣，
这欢鸣浸入河畔早春的梦；
带来了甜柔而芳香的故事，
这故事点亮了边城黄昏的灯。

那欢鸣的谐音发自你的琴弦，
这琴弦合奏着高原的微风；
那故事来自马驹遗失在篮筐里的轻吻，
这轻吻荡起河水爱情的波声。

这里的一切都那般美丽、陌生。
——高原、鸦鸣、牧羊女、朝圣者和冰峰；
沿着岁月和生命的公路不断前进，
太阳照耀着爱和自由的群鹰。

路旁的三色堇为谁而开？
门楣边的风铃响给谁听？

当黄昏染红河中的倩影，
旅人，你就是一颗星！

旅　人

何铁生

路旁的三色堇为谁而开？
门楣边的风铃响给谁听？
当黄昏染红河中的倩影，
旅人，你就是一颗星。

带来了远方云雀的欢鸣，
这欢鸣浸入河畔早春的梦；
带来了甜美而芳香的故事，
这故事点亮了边城黄昏的灯。

那欢鸣的谐音发自你的琴弦，
这琴弦合奏着高原的微风；
那故事来自马驹遗失在篮筐里的轻吻，
这轻吻荡起河水爱情的波声。

这里的一切都那般美丽、陌生，
——高原、鸦鸣、牧羊女、朝圣者和冰峰；
沿着岁月和生命的公路不断拓进，
太阳照耀着爱和自由的群鹰。

路旁的三色堇为谁而开？
门楣边的风铃响给谁听？
当黄昏染红河中的倩影，
旅人，你就是一颗星。

那时我正骑车回家

于 坚

墨韵青春——「青春诗会」诗人精品手稿选

于坚（1954~），四川资阳人，生于昆明。云南师范大学教授、摄影师、纪录片导演。20世纪80年代"第三代诗歌"运动代表人物，具有国际影响的中国诗人。1986年参加《诗刊》社第六届"青春诗会"。写作涉及诗歌、散文、小说、评论等各个门类。

那时我正骑车回家

那时我正骑在明晃晃的大路上

忽然间　一阵大风裹住了世界

太阳摇晃　城市一片乱响

人们全都停下　闭上眼睛

仿佛被卷入　某种不可预知的命运

在昏暗中站立　一动不动

像是一块块远古的石头　彼此隔绝

又像一种真相

暗示着我们如此热爱的人生

我没有穿风衣　也没有戴墨镜

我无法预测任何一个明天

我也不能万事俱备再出家门

城市像是被卷进了　天空

我和沙粒一起滚动

刚才我还以为风很遥远

或在远方的海上

或在外省的山中

刚才我还以为

它是在长安

在某个年代吹着渭水

风小的时候

有人揉了揉眼睛

说是秋天来了

我偶尔听到此话

就看见满目秋天

刚才我正骑车回家

刚才我正骑在明晃晃的大路上

只是一瞬　树叶就落满了路面

只是一瞬　我已进入秋天

那時我正騎車回家 于堅

那時我正騎車回家
那時我正騎在明晃晃的大路
忽然間一陣大风裹住了世界
太陽搖晃城市一片乱响
人们全都停下闭上眼睛
仿佛被卷入
果籽不可预知的命运
在谷暗中站立一动不动

像是一块：远古的石头
又像一种真像
暗示我们如此热爱的人生
我没有穿风衣 也没有戴墨镜
我无法预测任何一个明天
也不能万事俱备再出家门
城市像是被卷入了天空
我和沙粒一起滚动

刚才我还以为风很遥远
或在远方的海上
或杜外有的山中
刚才我还以为
它是在长安
老某个年代吹着渭水
风小的时候

有人揉了揉眼睛
说是秋天来了
我偶尔听到此话
就看见满目秋天
刚才我正骑车回家
刚才我正骑在明晃晃的大路
只是瞒树叶忽落满了路面
只是两　我已进入秋天
　庚子春 浪中雨坊
　石屋

李晓桦 (1955~)，生于上海，在北京长大。从军 20 余年。现居北京。曾就读于辽宁大学中文系 (工农兵学员) 和北京师范大学中文系 (研究生班)，获文学硕士学位。1986 年参加《诗刊》社第六届"青春诗会"。20 世纪 80 年代获《青春》《解放军文艺》《青年文学》等刊物奖，中国作家协会第三届新诗 (诗集) 奖。

我希望你以军人的身份再生
——致额尔金勋爵

晓　桦

我佩服你
——额尔金勋爵
你敢于发布这样的命令
把古老东方的京都
投进熊熊大火
在每片飞灰上写下你的姓氏
扬遍全世界的每处角落
在每寸焦土里埋下你的名字
和野草岁岁生长

我不佩服你
——额尔金勋爵
你根本没有敌手
没有敌手却建树功勋的英雄
比拼杀中倒下的战败者还耻辱
焚烧一座没有抵抗的园林
践踏一片不会说话的土地
那是小孩子的手都能胜任的
何用军人的膂力
但你毕竟以你的"壮举"
给你的后裔们留下

足以在餐桌上大嚼永远的"威名"
给你民族发黄的编年史
订上火光闪闪的骄傲的一页

我好恨
恨我没早生一个世纪
使我能与你对视着站立在
阴森幽暗的古堡
晨光微露的旷野
要么我拾起你扔下的白手套
要么你接住我甩过去的剑
要么你我各乘一匹战马
远远离开遮天的帅旗
离开如云的战阵
决胜负于城下

我更希望你以军人的身份再生
当然，我决不会用原子武器
对你那单发的火枪
像你用重炮摧毁冷兵器
我希望你是
装备精良、训练有素的军人

你会满意的
你的对手不再是猛勇而愚钝的
僧格林沁

在此
我谨向世界提醒一句
从我们这一代起
中国将不再给任何国度的军人
提供创造荣誉建立功勋的机会

我希望你以军人的身份再生
——致额尔金勋爵

李晓桦

我佩服你
——额尔金勋爵
你敢于发布这样的命令
把古老东方的首都
投进熊熊大火
在每片瓦砾上写下你的姓氏
撒遍全世界的每处角落
在每寸焦土里埋下你的名字
和野草岁岁生长

我不佩服你
——额尔金勋爵
你根本没有敌手
没有敌手却追树功勋的英雄
比拼杀中倒下的战败者还耻辱
焚烧一座没有抵抗的圆球
践踏一片不会说话的土地

那是小孩子的手都能胜任的
何同军人的臂力
但你毕竟以你的北拳
给你的左臂行简下
足以立杖上大写永远的威名

给你灵骸发黄的编年史
订上为光阴的发黄的一页

我想恨
恨我晚生一个世纪
使我能与你对视着站之在
　　阴森幽暗的古堡
　　晨光微露的旷野
要么我拾起你扔下的白手套
要么你操住我甩过去的剑
要么你我走东一匹战马
远之离开遮天的快马
　　离开如去的城阶
　　决胜负于城下

我更希望你以军人的身份再生
当然我绝不会同原子武器
对你那单发的火枪

像你用完枪械毁掉武器
我希望你是
　　装备精良训练有素的军人
你会战斗的
你的对手不再是羸弱而是强壮的
　　卫镇球队

在此
我谨向世界提醒一句
从我们这一代起
中国将不再给任何国家的军人
提供创造某种荣誉立功勋的机会

　　　　　　　　　1984年写于北京

宋琳（1959~ ），生于福建厦门，祖籍宁德。1986年参加《诗刊》社第六届"青春诗会"。1991年移居法国，现居大理。著有诗集《城市人》(合集)、《门厅》《断片与骊歌》(法)、《城墙与落日》(中法)、《雪夜访戴》《口信》《宋琳诗选》《星期天的麻雀》(中英) 等，随笔集《对移动冰川的不断接近》《俄尔甫斯回头》。曾获鹿特丹国际诗歌节奖、《上海文学》奖、东荡子诗歌奖、昌耀诗歌奖、2020南方文学盛典年度诗人等奖项，诗集《星期天的麻雀》(徐贞敏译)获第三十九届美国北加州图书奖诗歌翻译奖。

空 白

宋 琳

在那里时间解放了我们。一只翅膀最红，遮着世界，而另一只已经轻柔地在远处扇动。

——埃利蒂斯《勇士的睡眠》

去过的地方离我们并不遥远
憋足了气慢跑就能赶上，一些容颜古旧的鸟
胸脯里装满谷粒
我的口袋里装满了钱
去白得耀眼的房顶上滑雪
跌落时会有一阵恐惧的心跳　脚发软
身体的下面很深
晚上在铁道旁的旅店里光着身睡眠
隔着棚木可以看见
肌肤若冰雪
方寸之间有一丛绒毛粘上福分
与窗外灵性的草没有两样
无声地蔓延
直到月食　天上出现空白

那一切都挨得很近
火柴和烟斗　屁股和脸　宗教和艺术

两个半圆轻轻合起

像下巴上的嘴　用呼吸吹奏死亡

最美的花在城市附近的村舍微笑

没有人知道她的身世

父王的脑髓被神点了天灯

我想起枫丹白露之夕

画匠们拖着雪橇云集　争论什么是空白

房客有了主人——这是我的财产

你们随便使用吧

午夜的另一面是墙壁　突破

你可以继续赶路

我把手枕在头下　身体便缓缓飘过

所有去过的地方

城市的停尸房里有我的熟人

绰约若处子

可怜的脚涂满了泥巴　手松开一片死光

空白

在那裡時間解放了我們，一隻翅膀最紅
遮著世界，而另一隻已輕柔地在遠處扇動。
—— 埃利蒂斯《孿生的睡眠》

去過的地方離我們並不遙遠
起早了或慢跑就能趕上，一些蒼顏古舊的鳥
胸脯裡裝滿穀粒
我的口袋裡裝滿了錢
去白得耀眼的房頂上滑雪
跌落時會有一陣恐懼的心跳，腳發軟
身體的下面很遠
晚上在鐵道旁的旅店裡赤裸身體時呢
隔著枕木可以看見
肌膚若冰雪
方寸之間有一襲絨毛軟上福分
與窗外蜜桂的香沒有兩樣
無聲地蔓延
直到月蝕，天上出現空白

那一切都挨得很近
火柴和煙斗，腰和臀，宗教和藝術
兩個半圓輕輕合起
像下巴上的嘴，用呼吸吹奏死亡
最美的花在城市附近的村舍微笑
沒有人知道她的身世

父王的腦髓被神明點了天燈
我想起担丹的寒之夕
畫匠們拖著雪橇雲集，爭論什麼是空白
房客有了主人——這是我的財產
你們隨便使用吧
午夜的另一面是牆壁，空破
你可以繼續趕路
我把手枕在頭下，身體便繞過銅過
所有去過的地方
城市的停屍房裡有我的熟人
綽約荽蒬子
可憐的腳望塌了泥巴，手臂開一朵死光

宇林
1986/6/2 作
2020/7/2 抄

独　白

翟永明

翟永明（1955~ ），女，
祖籍河南，出生于四
川成都。知识分子写
作诗群代表诗人之一。
1981年开始发表诗作，
1984年完成大型组诗
《女人》。1986年参加
《诗刊》社第六届"青
春诗会"。作品曾被翻
译成英国、德国、日
本、荷兰等国文字。
1986年出版第一本诗
集《女人》；后陆续出
版诗集《在一切玫瑰
之上》《翟永明诗集》
《黑夜中的素歌》《称之
为一切》《终于使我周
转不灵》；1997年出版
散文集《纸上建筑》、
随笔集《坚韧的破碎
之花》《纽约，纽约以
西》。

我，一个狂想，充满深渊的魅力
偶然被你诞生。泥土和天空
二者合一，你把我叫作女人
并强化了我的身体

我是软得像水的白色羽毛体
你把我捧在手上，我就容纳这个世界
穿着肉体凡胎，在阳光下
我是如此炫目，是你难以置信

我是最温柔最懂事的女人
看穿一切却愿分担一切
渴望一个冬天，一个巨大的黑夜
以心为界，我想握住你的手
但在你的面前　我的姿态就是一种惨败

当你走时，我的痛苦
要把我的心从口中呕出
用爱杀死你，这是谁的禁忌？
太阳为全世界升起！我只为了你
以最仇恨的柔情蜜意贯注你全身
从脚至顶，我有我的方式

一片呼救声，灵魂也能伸出手？
大海作为我的血液　就能把我
高举到落日脚下，有谁记得我？
但我所记得的，绝不仅仅是一生

独　白

我．一个狂想．
充满深渊的魅力
＝春合＝ 你把我叫作女人
并强化了我的身体

我是软得像水的白色羽毛体
你把我捧在手上 我就容纳这个世界
穿着肉体凡胎 在阳光下
我是如此眩目 使你难以置信

我是最温柔最懂事的女人
看穿一切却愿分担一切
渴望一个冬天 一个巨大的黑夜
以心为界 我想握住你的手
但来你的面前 我的姿态就是一种惨败

当你走时 我的痛苦
要把我的心从口中呕出
用爱杀死你 这是谁的禁忌?
太阳为全世界升起 我只为了你

一片呼救声 灵魂也能伸出手?
大海作为我的血液 谁能把我
高举到落日脚下 有谁记得我?
但我所记得的 绝不仅仅是一生

一颗葡萄

车前子

车前子（1963~ ），原名顾盼，生于苏州，现居北京。1986年参加《诗刊》社第六届"青春诗会"。出版诗集《正经》《新骑手与马：车前子诗选集1978~2016》《发明》《算命》等和散文随笔集《明月前身》《木瓜玩》《云头花朵》《苏州慢》等三十余种。

一颗葡萄被结实的水
涨得沉甸甸沉甸甸后，坠落了

坠落就是展开的过程

这颗葡萄像一架绿色的软梯一直拖到了大地上

结实的水被泥土吮干
那些核就仿佛从一扇门里出来
又开始爬向梯顶
葡萄更多更多乱哄哄地说
跳呵跳呵一起往下跳

从很遥远的地方
跳下　跳下
我们　我们
一直跳到大地上

梯子从自己的影子中探长双手叉开两腿
梯子把黑暗的影子从身上脱下

从很遥远的地方

我们跳下后又爬上梯顶超越墙头眺望天外
接近天堂的是梯子穿过地狱的是门

星球转动我们生生死死
但有一颗葡萄不会消失
这颗葡萄像一架绿色的软梯从高处展开一直拖
到了大地上

一颗葡萄

一颗葡萄在吸足了水
泡得很沉很沉以后，腐烂了。

腐烂就是展开的过程。

这颗葡萄伸一条绿色的软撑一直撑到了大地上

结实的水被泥土吮干，
那些根就好像从一扇门里出来
又开始爬向墙顶，
有更多，更多，乱哄哄说
跳啊跳啊一起往下跳。

从很遥远的地方
跳下。 跳下，
一直跳到大地上。

梯子从躺的影子里挨长双手又捞腿

梯子把躺的影子从身上脱下。

从很遥远的地方
我们躲不在爬上梯顶超越墙头眺望天外。

接近天堂的是梯子穿过地狱的是门。

部落的节奏

吉狄马加

吉狄马加（1961~ ），彝族，四川凉山人。中国当代著名诗人和具有广泛影响的国际性诗人。1986年参加《诗刊》社第六届"青春诗会"。其诗歌已被翻译成近四十种文字，在世界几十个国家出版了近九十种版本的翻译诗集。出版诗集《鹰翅与太阳》《身份》《火焰与词语》《我，雪豹……》《从雪豹到马雅可夫斯基》《献给妈妈的二十首十四行诗》《吉狄马加的诗》《大河》等。曾获中国作家协会第三届新诗（诗集）奖、郭沫若文艺奖荣誉奖、庄重文文学奖、柔刚诗歌奖荣誉奖、国际华人诗人笔会中国诗魂奖及欧洲诗歌与艺术荷马奖等多种奖项。

在充满宁静的时候
我也能察觉
它掀起的欲望
爬满了我的灵魂
引来一阵阵风暴

在自由漫步的时候
我也能感到
它激发的冲动
奔流在我的体内
想驱赶一双腿
去疯狂地迅跑

在甜蜜安睡的时候
我也能发现
它牵出的思念
萦绕在我的大脑
让梦终夜地失眠

呵，我知道
多少年来
就是这种神奇的力量

它让我的右手

在淡淡的忧郁中

写下了关于彝人的诗行

部落的舞裳

古狄丽娜

在充满宁静的时候
我也很察觉
它掀起的欲望
爬满了我的灵魂
引来一阵阵风景

在自由浸步的时候
我也能感到
它激发的冲动
奔流在我的体内
撑起了一双腿
去撒在地上跑

在沉默坐晚的时候
我也能发现

迸发出的思念
萦绕在我的大脑
让梦陪夜的失眠

哦，我知道
自己未来
就是这种神奇的力量
包裹我的右手
在淡淡的忧郁中
写出了至于童人的诗句

录青春诗集萌
水一首 2020.9.7

杨克（1957～ ），广西人。久居广州。诗人。1987年参加《诗刊》社第七届"青春诗会"。出版《杨克的诗》《有关与无关》《我说出了风的形状》等十一部中文诗集、四部散文随笔集和一部文集，在日本思潮社、美国俄克拉荷马大学出版社等出版八种外语诗集。作品被翻译为十六种语言在国外发表。

某种状态

杨　克

钢盔和迷彩服上的弹洞

张大嘴巴合唱

让世界充满爱

蝴蝶咬破庄周的梦境

落在康定斯基的花朵上

一只死去的眼睛盈动泪水

红蝙蝠黄蝙蝠优美了二十岁的

夏天，六月的少女很鸽子

慈父给爱子买了一副玩具手铐

酒窝布下生命的陷阱

慈善机构为筹集残疾人福利基金

举办惊心动魄的拳击比赛

红地毯上的踢踏声

噼啪噼啪踩着乡间音乐的节拍

艺术家争论孤独气氛热烈

某种状态

钢盔和迷彩服上的弹洞
张大嘴巴在喝
让世界充满爱
蝴蝶唉，破庄周的梦境
落在枯萎折断的花朵上
一只死去的眼睛蠕动泪水
红蜡烛黄蜡烛挽美了二等的
夏天，与月的少女绾脖子
善义给袋子装了一刹那跳进拿铸
酒商布下生命的陷阱
慈善机构为募集残废人捐到基金
举办惊心动魄的拳击比赛
红地毯上的瀚谐舞
唯以唉以降希多陶音乐的节拍
整齐步争论孤独无意识担忧
1987年"青年沙龙"

李晓梅(1963~)，女，生于南京。现居山东日照和北京。中国作家协会会员，中国电视纪录片学会会员。1987年参加《诗刊》社第七届"青春诗会"。1981年起，在《诗刊》《人民文学》《星星》《人民日报》《北京文学》《绿风》等报刊发表文学作品。1992年获"羊年处女诗集选拔赛"一等奖。1995年出版《李晓梅诗选》。作品先后多次被收入《全国年度诗选》《经典朗诵诗选》《中国当代青年女诗人诗选》《20世纪华文爱情诗大典》《汉诗》等数十种诗歌选本。

奉神农

李晓梅

神农

我恍然大悟我原来竟然是一服药

或者用药来比喻我的一生

必须把自己严严实实地封好

在人和兽靠近之前

如果无处可藏

必须把自己弄得粉身碎骨

混入足以稀释我的河流

混入足以淹灭我的泥土

当然更多的时候是一点一点掰下我

弄碎我煎熬我　给人治病

你嚼尝过所有的植物

日遇七十二剧毒

醒来还要续尝玉石虫兽

我已拒绝一棵无名的草

让我顶着那么苦的吞咽

那么险的分毫　那么疼的断肠

因为生死攸关而生死与共

药与要与不要

何止七十二毒

最毒的是比药还苦的苦苦哀求

最怕的是那些偷药的孩子

舔食糖衣吞下炮弹

割舍乳、血、筋、骨入药

炮制灵仙、豆蔻、当归为药

奈何良药成瘾也是毒药

且药瘾无药能救

健忘无医能治

据说你看见一株叶片相对而生的藤上

花萼在一张一合地翕动

那抢先一步

把叶子放进嘴里的人

知道这断肠草又名钩吻

我看见虎豹的肠子一截一截地断开

就像你看见深渊把高原一层层切开

怒放的花朵在悬崖上烽火般簌簌急摇

那些植物的根系在地下吸吮了什么

那些叶片和花瓣在空中光合了什么

那些倒毙在瘟疫中的无辜说了什么

让你为人间尝出的最后一味药

是断肠

春神农

李晓阳

神农
我悦世对吾我愿未竟然是一付药
或者用药来比喻我的一生
必须把自己严严实实地毒好
在人和兽靠近之前
如果无处可藏
必须把自己弄得粉身碎骨
混入你以稀释我的河流
混入足以淹没我的沃土
当经受不了的时候差一点一点剩下我
弄碎我煎熬我 合以治病

你喻密世所依的植物
日遇七十二剧毒
醒来你要像雪山石出岩
我之植您一样无名的草
让我顶着那么苦的咽喉
那么险的分毫 那么痛的断肠
同防出百般黄的生色名果
药与毒与不毒
信上七十二春
最毒的是世药以毒的苦苦克来
最怕的是那些信药的娃子

除食糖无药下咽弹
划肉乳、血、筋、骨入药
炮制灵仙、豆蔻、当归为药
毒药良药或瘾也是药药
母药瘾无药能格
似意无医能治

据说绝言乞一株叶片相对而生的藤上
花变在一张一合地翕动
那摇光一季
把叶子孩进竹篓里的人
知道此断肠草之名的吗
我替它虑多的明天一节一节地断开
就得看见深测把高层一层层的开
想起的花朵在意，准上棒光的簇簇意栏
那些植物的根茎在地下吸吮了什么
那些叶片和花朵躲在空中光合了什么
那些倒卧在瘟疫中的先辈说了什么
让你为人间尝世的最后一味药
是断肠

2019年9月27日

挽歌（节选）

西　川

西川（1963~ ），原名刘军，出生于江苏徐州。知识分子写作诗群代表诗人之一。北京师范大学终身特聘教授。1987年参加《诗刊》社第七届"青春诗会"。曾获十月文学奖、上海文学奖、人民文学奖、鲁迅文学奖、美国弗里曼基金会奖修金（2002）等国内外奖项。著有诗集《中国的玫瑰》《隐秘的汇合》《大意如此》《西川的诗》，散文集《水渍》《游荡与闲谈：一个中国人的印度之行》，随笔集《让蒙面人说话》，评著《外国文学名作导读本·诗歌卷》，译著巴恩斯通的博尔赫斯访问记《博尔赫斯八十忆旧》，美国诗人米沃什的回忆录《米沃什词典》（与人合著）。

一

死亡封住了我们的嘴

紧接着这一刻的是钟声漫过夏季的树木
是蓝天里鸟儿拍翅的声响
以及鸟儿在云层里的微弱的心跳
风已离开这座城市，犹如起锚的船
离开有河流奔涌的绿莹莹的大陆
你，一个打开草莓罐头的女孩
离开窗口；从此你用影子走路
用梦说话，用水中的姓名与我们做伴

死亡封住了我们的嘴

紧接着这一刻的是落日在河流上
婴儿在膝盖上，灰色的塔在城市的背脊上
我走进面目全非的街道
一天或一星期之后我还将走过这里
远离硝石的火焰和鹅卵石的清凉
我将想起一只杳无音信的鸽子
做一个放生的姿势，而其实我所希望的
是它悄悄回到我的心里

死亡封住了我们的嘴

在炎热的夏季里蝉所唱的歌不是歌
在炎热的夏季老人所讲的故事概不真实
在炎热的夏季山峰不是山峰，没有雾
在炎热的夏季村庄不是村庄，没有人
在炎热的夏季石头不是石头，而是金属
在炎热的夏季黑夜不是黑夜，没有其他人睡去
我所写下的诗也不是诗
我所想起的人也不是有血有肉的人

挽歌
一九八七年七月二十二日

死亡封住了我们的嘴

黑暗灌注 多的是钟声漫过夏季的树木
甚蓝天里鸟儿伯翱的声响
以及鸟儿在云层里的微弱的心跳
风吹乱两 过座城市 就如此把错的鞍
那些有河流其间的绿黄堂的大陆
你，一个打开蓄罐斗的女孩
鸟开窗口，从此你用影子走路
用梦说话，用水中的姓名与我们做伴

死亡封住了我们的嘴

黑格养立 一刻的是落日在河流上
婴儿在膝盖上，灰色的塔在城市的背脊上
我走进面目全非的街道
一于我一星期之后我还将去土里
正鱼销石的火焰和阳石的清凉
我将想起一只杳无音信的鸽子
做一个枚生的姿态，而其实我所希望的
是它悄悄回到我的心里

死亡封住了我们的嘴

在炎热的夏季哪所唱的歌不是歌
在炎热的夏季老人所讲的故事破不真实
在炎热的夏季山峰不是山峰，没有雾
在炎热的夏季村庄不是村庄，没有人
在炎热的夏季石头不是石头，而是金属
在炎热的夏季黑夜不是黑夜，没有其他人睡着
我所写下的诗也不是诗
我所想起的人也不是有血有肉的人

西川　二零二零年八月二十二日
录二十三岁旧作一节

墨韵青春——「青春诗会」诗人精品手稿选

刘虹（1955~　），女。中国作协会员。现居深圳。1976年始在海内外报刊发表作品，迄今发表千余篇作品；出版六部诗集和一部文集。诗集曾获第三届中国女性文学奖、第七届广东省鲁迅文学艺术奖、第三届《深圳青年》文学奖等。1987年参加《诗刊》社第七届"青春诗会"。2009年在北京举办了新书《虹的独唱》发布及作品研讨会。

向大海

刘　虹

面对你，所有不真实的都仿佛存在。

夕阳自焚的气息自深渊弥漫
你柔滑的掌上耸动一个粗野的世界
断裂之光劈开一片片跑马场
月亮在我狂欢的发梢备下金鞍
待一声口令，自宇宙之外
倾听你深沉的叹息
像倾听英雄的独白

而我此时，作为一个女人和你对视
这一刻，上苍疏忽了某个传统安排
也许我指尖走漏过
一叶白帆的潇洒
而信念恪守于高高把位
淌低音弦上你嘶吼的男性血
和你礁渚郁结的深重苦难
这使我顿感卑微
从此缄口，静如一条偈语

从此我满怀莫名的心酸：不似江河
你没有分支或歧路作为排泄

也不随手涂些沟沟汊汊的调情小令
不企望青苔的传说顾盼于两岸
诱你流连
在深谙世事的掌纹种植绝世孤独
狂蹈于飓风之上又执着于一点：
除朝圣之路你无从挥霍
那因抑郁而勃奋的剽悍之体，但
不苟且
你因此成为精血充盈的男人
成为东方的性征—— 一页补白

我，作为一个女人和你对视
当船舶的犁尖与雷电之鞭轮番
在你肌肤上纵横书写暴虐
当午后阳光扼你声带成史诗的碎片
和那从陌路拥来的惯于膜拜的面孔
都被你一次性曝光——
以不动声色的一瞥
你不羁的自由，是对纤绳的拒绝

于是，我得以从全方位包抄而来
被波涛托举成开花的时辰

渲染葬礼
在我辉煌的伤口敷你咸味的体贴
在死亡之上部署切肤之痛的——
爱！

我因而成为最蛮傲的情人
用凋落的泪光踩响格律
横贯多变奏主题，我飘逸如云
又时时为你雄浑的幽思所注满
驭饕餮之谷抖野性的缰绳
跨越整世纪情感的断层——
我只臣服于你的麾下，以女王临渊的姿态

此刻，我作为一个女人和你对视
有谁知道，你的浩瀚
只是我灵魂的一次宣泄
一行诗的剪影
一句箴言
我们是天生的不肖之徒据守阴阳两极
不忍，却又只能拒绝陆地的挽留
正如你以博大的沉默拒绝人类语言
命运将我封闭为一座礁石
却被你永恒的骚动宣布为另一种浪花：
每一次扑向你，都是向你诀别

那么，把我剥光于你容纳的目光吧
在晚霞不屑于披露天空的时刻
我恰如裸体的精灵，丰腴的美人鱼
以细润小手把幸福抚得粗糙难辨
曾在嶙峋的浪峰宣誓反抗
又于谷底隐忍了一切——
这是你我共有的高贵，抑或悲哀？

是的，我只能作为一个女人和你对视
当风暴撩起你旺盛的情欲如潮涌来
以岸之臂高扬雄性的招抚
我战栗着，以空前的驯顺卧成
从不爽约的沙滩
把莹洁之躯展开为情书的段落
我青春的线条如月光滑翔
被你细细认读，或是节选。之后
又全部注入我的细节
而你此后将成为痴迷的浪游者
毕生行吟于我繁枝虬结的血管
唯你知道，如果不是这样
将是我一生的——惨败！……

哦，大海！我作为女人和你对视
面对你，所有真实的都不复存在了啊！

《向大海》
刘虹

面对你，所有不真实的都仿佛好在。

夕阳自焚的气息自深渊弥漫
你柔滑的掌上托动一个轻易的世界
断裂之光劈开一片驰骋场
目光百城孕生欢而实精备下金弩
持一尾口台，自宇宙之外
倾听你八浑说的收息
像倾听英雄的独白

而就此时，作为一个女人和你对视
这一刻，上苍玷了蒙尘传统史书
世地竹拂拂东去滔河过
一时白帆如潮涌
而信急引络好手高之把位
滴低者弦上你断吼的男理血
和你礁滔那结的深重无现
逐使我顿感卑微
从此缄口，静如一条偈语

从此我将以莫名的心感：不似江河
你没有分支或脉络作为排泄
也不随手给终向心议上多的调情小令
不在望青苔的传说硕盼于两岸
诱你流逝
至深诸世事的掌纹种植绝世孤独
狂奔于温风之土又热带于一点：
除朝圣之称你无从择罪
那因却郁而勃奋的离悍之伴，但
　不苟且
你因而成为精血充盈的男人
成为东方的怪纪——一页对白

我，作为一个女人和你对视
为船舶的针尖与蜡电上的璧逆
在你肌肤上织人搁书写蒙层
为午台阳瓷，抱你而谱成速诗的砾汗
和那从阴缘涌来的赏于膜拜的两孔
都被你一次燃的暴光——
以，不动声色的一瞥
你不羁的自曲，远对纤绳的拒绝

于是，我绕环从金方佳色抄而来
被波涛托举成开花的时辰
喧嚣紧孔
至我灵煇煌的伤口数你密味的律贴

在死亡之上都署好陡之巅的——
爱！

我因而成为最孤傲的情人
用润湿的目光擦向哪里
挥霍我贫素主题，我飘逸如云
又时之对你峭注洋的幽思而注做
叙餐袭之谷，扣紧那里的一种纯
跨越着世纪情感的断层——
我只匡服于你的麓下，以女王临川的姿态

此刻，我化为一夕女人和你的好眼
有些羊口谜，你的园圃翰
总是我最说品一项鲁逆
一行诗的剪影
一句戟言
时候是天星的不肯之徒据守阴阳两极
不忍，都从思绪拒绝賦咆的抗留
正如他以博大的沉默拒绝从来谋语
命运将我封闭于一座碑石
却很你未悟的骚动篁布的另一种浪抵
每一次扑向你，都是向你诀别

那么，把我割兑于你容纳的日光吧
至晚霞不屑于掠踏天空的时刻
我恰如蝶体的精灵，丰映的美人鱼

以细润小手把书像玩绳抛得越来越长
滩边嶙峋的浪峰竖起反抗
又多次被隐忍了一切——
这是你我共育的高贵，抑或忧患？

是的，我作为一个女人和你对视
当风卷起你喧嚣的情欲如洞涌来
以臂之膀高扬起雄性如投抛
我颤栗着，以经前的驯顺卧成
从不疲纤的沙滩
把欢乐之狂潮展示为少女之胸脯
我茂密的发丝如月光曝晒
被你细腻入微的抚摸，或是卷进怀抱之后
又全都注入我的细节
而你比我成熟痴迷的浪游者
牢生奔腾于我紧密扎结的血管
任你如知，如果不是这样
上苍早我一并抛——惨败！……

哦，大海！我作为女人和你对视
面对你，我只有其深的那么爱着你了啊！

（作于1987年9月12日于北京第七届全国青春诗会于秦皇岛海边）

雪（节选）

欧阳江河

欧阳江河（1956~ ），
生于四川泸州。诗人、
诗学批评家，北京师
范大学终身特聘教授。
1987年参加《诗刊》社
第七届"青春诗会"。迄
今已出版十三本中文
诗集以及一本文论集。
在国外出版四本德语
诗集、两本英语诗集、
一本法语诗集、三本
西班牙语诗集、一本
阿拉伯语诗集。在全
球五十多所大学及文
学中心讲学、朗诵。获
华语文学传媒大奖年
度诗人奖（2010）及年
度杰出作家奖（2016）、
十月文学奖（2015）、英
国剑桥大学诗歌银叶
奖（2016）、《芳草》杂
志2019年度诗歌奖
等国内外奖项。被视
为20世纪80年代以
来中国重要的代表性
诗人之一。

雪中一条小路
通向真正安静的书房
眼前的大雪
与另一本书中的雪
对折起来，
事物与心灵保持接触

惜秦皇汉武，略输文采；唐宗宋祖，稍逊风骚。一代天骄，成吉思汗，只识弯弓射大雕。俱往矣，数风流人物，还看今朝。

丙申秋　欧阳荣己卯书

林雪（1962～　），女。辽宁抚顺人，现居沈阳。诗人。1988年参加《诗刊》社第八届"青春诗会"。出版诗集《淡蓝色的星》《蓝色钟情》《在诗歌那边》《林雪的诗》等数种，随笔集《深水下的火焰》，诗歌鉴赏集《我还是喜欢爱情》等。2006年荣获《诗刊》"新世纪十佳青年女诗人"称号。诗集《大地葵花》获第四届鲁迅文学奖。作品获《星星》年度诗人奖、中国出版集团出版奖、中国新诗百年百位最具影响力诗人、十佳当代诗人奖等奖项。

苹果上的豹

林　雪

有些独自的想象，能够触及
谁的想象？有些独自的梦
能被谁梦见？一个黑暗的日子
带来一会儿光
舞台上的人物被顶灯照亮
一个悬空的中心套着另一个中心
火苗的影子，掀起一只巨眼

好戏已经开场。进入洞窟的人
睁开眼睛睡眠，在睡眠中生长
从三百年的梦境醒来
和一条狗一起在平台上依次显现
一个点中无限奔逃的事物
裹挟着那匹豹。一匹豹
金属皮上黄而明亮的颜色
形成回环。被红色框住
一匹豹是人的属性之一

在稠密的海水之上行走
水下的人群、矿脉、烟草的气味
这样透明而舒适。一些幽魂
火花飞溅的音乐还在继续

我怎样才能读懂那些玫瑰上的字句
一只结霜的苹果，香气无穷无尽
使我在一个梦里醒来
或重新沉入另一次睡眠
这已无关紧要

赞美这些每日常新的死亡
在一个时间里得到一个好运
在另一个时间里得到一个好运
在另一个时刻观看豹
与苹果。香气无穷无尽

苹果上的豹

　　　　　林雪

有些独自的想象，能够触及
谁的想象？有些独自的梦
能被谁梦见？一个黑暗的日子
带来一会儿光
舞台上的人物被顶灯照亮
一个是空的中心套着另一个中心
火焰的影子，掀起一只巨眼

好戏已经开场。进入洞窟的人
睁开眼睛睡眠，在睡眠中生长
从三万年的梦境醒来
和一条狗一起在平台上依次显现
一个点中无限奔逃的事物
裹挟着那匹豹。一匹豹
金属皮上黄而明亮的颜色
形成圆环。稂红色褶位
一匹豹是人的属性之一

在稠密的海水之上行走
水下的人群、舒膨、烟草的气味
这样透明而舒适。一丝幽魂
大苍飞溅的音乐还在继续

我怎样才能深懂那丝玫瑰上的字句
一只结霜的苹果，香气无穷无尽
使我在一个梦里醒来
或重新沉入另一次臣服
这已无关紧要

赞美这些每日重新的泚之
在一个时间里得到一个好运
在另一个时间里得到一个好运
在另一个时刻欢看豹
与苹果。香气无穷无尽

海男（1962~ ），女，原名苏丽华。出生于云南永胜。现为云南师范大学特聘教授。中国当代著名作家，中国女性先锋作家代表人物之一。1988年参加《诗刊》社第八届"青春诗会"。曾获刘丽安诗歌奖、第三届中国女性文学奖、第六届鲁迅文学奖(诗歌奖)等奖项。出版有跨文本作品《男人传》《女人传》《身体传》《爱情传》等，长篇小说《花纹》《夜生活》《马帮城》《私生活》等，散文集《空中花园》《我的魔法之旅》《请男人干杯》等，诗歌集《唇色》《虚构的玫瑰》《是什么在背后》以及四卷本《海男文集》。

忧伤的黑麋鹿迷了路

海 男

那只忧伤的黑麋鹿迷了路
它们在翻拂的云雾中猜测着
溪水的去处；它们在雷雨来临之前
仰着头猜测着人世间最遥远莫测的距离

这是被丝丝缕缕的历史割舍过的痕迹
它们是一段符号，源于一只蜂群的深穴
那只最忧伤的黑麋鹿因为迷了路
在暗夜处，它孤单的皮毛如同暗箱一起一伏

忧伤的黑麋鹿在旷野迷了路
它在荆棘的微光中趴下，吮吸着
溪水中的青苔，然后倒地而眠
宛如用战栗的梦境划分天堂和地狱的距离

黑麋鹿迷了路，亲爱的黑麋鹿迷了路
它们在旷野中躺下去，再辽阔的世界也无
法让它苏醒

忧伤的黑麋鹿迷了路

治男

那只.忧伤的黑麋鹿迷了路
它们在翻卷的云雾中猜测着
溪水的去处；它们在雷雨来临之前
仰着头猜测着人世间最遥远莫测的距离

这是被丝丝缕缕的历史割舍过的痕迹
它们是一段符号，源于一只蜂群的深穴
那只最忧伤的黑麋鹿因为迷了路
在暗夜处它孤单的皮毛如同暗哨一起一伏

忧伤的黑麋鹿在旷野迷了路
它在荆棘的微光中弯下腰，吮吸着
溪水中的青苔，然后倒地而眠
宛如用民栗的梦境划分天堂和地狱的距离

黑麋鹿迷了路，亲爱的黑麋鹿迷了路
它们在旷野中绕不下去再辽阔的世界也无法让它分辨

——摘自2013年诗集《忧伤的黑麋鹿》

如果你厌倦了

大 卫

大卫（1958~），本名
赵志辉，河北正定人。
军旅生涯四十三年。
中国作家协会会员。
1988年参加《诗刊》
社第八届"青春诗
会"。2007年以来，长
期任军事写作专业
委员会秘书长。著有
诗集三部，纪实文学
《通信兵故事》16卷本
1409个故事500万字。
作品多次获军内外若
干奖项。

如果你厌倦了

请转过脸

尽快地离开

不必违背自己的心愿

放心地　轻松地走

不必承担任何

心灵的负担

我会感谢你的

欢愉的时刻如此短暂

抹不去的记忆

即使在远离的日子

也会像夜空里的星

一闪一闪　这就够了

因为　即使是遥远的寒冷的一瞥

也足以点燃

一个炽热的夏天

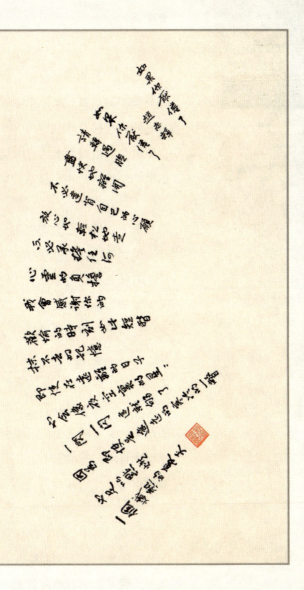

墨韵青春——「青春诗会」诗人精品手稿选

曹宇翔（1957～　），山东兖州人，居北京。1991年毕业于解放军艺术学院文学系。曾军旅生涯多年，大校军衔，国务院特殊津贴专家，国家新闻出版广电总局全国新闻出版行业领军人才。1988年参加《诗刊》社第八届"青春诗会"。著有诗文集多部。曾获中国人民解放军新闻奖、第二届（1997～2000）鲁迅文学奖等多种奖项。

灵水村鸟巢

曹宇翔

在太行山，与北京城之间
一只黝黑的鸟巢，悬在半空
暮春的灵水村，此刻恰是
正午时分，拾级而上的古旧院落
山墙，溢出桃花和寂静

仰望啊，一棵巨柏盘旋欲飞
辽远汹涌的湛蓝淹没苍穹
一定有什么事物去了天上，或从
天上来到尘世，在大地和天空
之间，留下一个幽深黑洞

你体内一个孩子爬上了大树
空中宅第回响乡村乳名，喜鹊窝
还是斑鸠窝，鸟儿衔枝编织空中之筐
递给大自然之神的篮子，必定
装过雪花、星辰和春风

东去天安门三十公里，距你童年
大约二十米，被万物和往事团团围住
鸟巢，像一枚图钉摁向蓝天
悬浮的沧海永不脱落，云帆水声

天际远影，内心的波涛平静

复活了你人生的全部记忆
生活热情，对大地的爱

灵水村鸟巢　　曹宇翔

在太行山，与北京城之间
一只黝黑的鸟巢，悬在半空
暮春的灵水村，此刻恰是
正午时分，拾级而上的古旧院落
山墙，溢出桃花和寂静

仰望啊，一棵巨柏盘旋欲飞
迢远汹涌的湛蓝淹没苍穹
一定有什么事物去了天上，或从
天上来到尘世，在大地和天空
之间，留下一个幽深黑洞

你体内一个孩子爬上了大树
空中宅第回响乡村乳名，喜鹊窝
还是斑鸠窝，鸟儿衔枝编织空中之筐

递给大自然之神的篮子，必定
装过雪花、星辰和春风

乐去天安门三十公里，距你童年
大约二十米，被万物和往事团团围住
鸟巢，像一枚图钉摁向蓝天
悬浮的沧海永不脱落，云帆水声
天际远影，内心的波涛平静

复活了你人生的全部记忆
生活热情，对大地的爱

原载《上海文学》2019年第1期
组诗《向大地致意》之一

耿翔（1958~ ），陕西永寿人。1991年参加《诗刊》社第九届"青春诗会"。曾在《人民文学》《诗刊》《花城》《十月》《星星》《散文》《随笔》等刊物发表诗歌、散文作品。散文《马坊书》《读莫扎特与忆乡村》荣登《北京文学》《散文选刊》年度排行榜。已出版《长安书》《秦岭书》《马坊书》等诗歌、散文集十余部，作品获老舍散文奖、冰心散文奖、柳青文学奖、三毛散文奖及《诗刊》年度诗歌奖。

吟雪者

耿　翔

那年冬天
在陕北的土地上，一场大雪
落成一阕洋洋洒洒的
《沁园春》

吟雪者，坐在马背上
如坐在东方的圣殿之上
九州方圆，有大河的血脉横流其中
回眸的地方
一切归于雪雕之态，入静地
听一个浓重的乡音
为飘远的历史
押上雪韵

手握一把小米
吟雪者，一身粗织
这时，你会想起一位中国的布衣
看他一手解衣，一手
把皇皇陕北
揽入怀里

至今，我们还在那匹马背上
听他吟雪

吟雪者　秋雨

那年冬天／在陕北的土地上，一
场大雪，铸成一阕滩之酒之河／沁
园春

吟雪者，坐立马背上／如它在东
方的屋殿之上／九州方圆，有大河的血
廊横贯其中／圆睁的地方／一切关
于雪朦之态，入薪地／听一千浓重
的新音／为動遠的历史／押上雪
韵

手握一把小米／吟雪者，一身粗
织／这时，你会想起一住中国的布衣
／看他一手解衣，一手／把煌之陕北／
揽入怀里

他吟雪

至今，我们还在那匹马背上／听
他吟雪

摘自第九届"青春诗会"所写
组诗"东方大道～陕北"发
表于刊"一九九二年十三
期

擦玻璃的人

李浔

墨韵青春——"青春诗会"诗人精品手稿选

李浔（1963～），生于
浙江湖州，祖籍湖北
大冶。从事诗、文艺
评论创作。中国江南
诗的代表诗人之一。
中国作家协会会员。
1991年参加《诗刊》
社第九届"青春诗会"。
曾出版多部诗集和一
部中短篇小说集。作
品曾获《诗刊》年度诗
歌奖、闻一多诗歌奖、
杜甫诗歌奖，入选第
五届中国好诗榜上榜
作品等。诗集《独步
爱情》《又见江南》分
获第二、四届浙江省
优秀文学作品奖。

擦玻璃的人没有隐秘　透明的劳动
像阳光扶着禾苗成长
他的手移动在光滑的玻璃上
让人觉得他在向谁挥手

透过玻璃　可以看清街面的行人
擦玻璃　不是抚摸
在他的眼里却同样在擦行人
整个下午　一个擦玻璃的人
没言语　也没有聆听
无声的劳动　那么透明　那么寂寞

在擦玻璃的人面前
干干净净的玻璃终于让他感到
那些行人是多么零乱
却又是那么不可触摸

擦玻璃的人　李浔

擦玻璃的人没有隐秘　透明的劳动
傍晚光抚着禾苗成长
他的手移动在光滑的玻璃上
让人觉得他在问谁挥手

透过玻璃　可以看清　街面的行人
擦玻璃　不是抚摸
在他的眼里却同样在擦行人
整个下午　一个擦玻璃的人

没有言语　也没有聆听
无声的劳动　那么透明　那么寂寞

在擦玻璃的人面前
干干净净的玻璃终于让他感到
那些行人是多么零乱
却又是那么不可触摸

庚子立夏日李浔于湖州

墨韵青春——「青春诗会」诗人精品手稿选

阿来（1959~ ），彝族，出生于四川马尔康。20世纪80年代开始文学创作。1991年参加《诗刊》社第九届"青春诗会"。先后出版诗集《梭磨河》《阿来的诗》中短篇小说集《旧年的血迹》《月光下的银匠》以及"山珍三部"等，长篇小说《尘埃落定》《空山》《格萨尔王》《云中记》散文集《就这样日益丰盈》《成都物候记》等，以及非虚构作品《大地的阶梯》《瞻对》电影剧本《西藏天空》《攀登者》等。曾获第五届茅盾文学奖、第七届鲁迅文学奖、华语文学传媒大奖、中宣部"五个一工程"奖等。多部作品被译为英、法、德、日、意、西、俄等二十余种语言出版。

抚摸蔚蓝面庞

阿 来

日益就丰盈了，并且
日益就显出忧伤的蔚蓝
已是暮春，岸上的泥土潮湿而松软
树木吮吸，生命上升
上升到万众植物的顶端

在奇花异草的国度，爱人
笼罩万物是另一种寂静的汪洋
是什么？你听
启喻一样荡气回肠，凌虚飞翔
九个寨子构成的国度
顷刻之间，布满磨坊与经幡

顷刻之间，蔚蓝的海子星罗棋布
花香袭满心层
众水浪游四方
路以路的姿态静谧
水以水的质感嘹亮

就这样日益幽深
是蓝宝石的深渊，绿宝石的深渊
爱人，停下你的枣红马

看新生的云朵擦拭蓝天
水声敲击心扉时，你听
即将突破地表是更纯净的泉眼

在潮湿松软的曲折湖岸
野樱桃深谙美学
向忧伤的蔚蓝抛撒白色花瓣
爱人，你的形象
时间的形象，空间的形象逐渐呈现
水的腰肢，水的胸
水的颈项，水的腹
都是忧伤蔚蓝海子的形象

拓植薰草国度

阿垖

日盖就要本蛋了，并且
日盖就里生挑衅和薰草
己是著春，岸上的侃土飘逸而枯欲
树木吸收，生命上升
上升到了虚植物的顶端

在青花异本的国度，爱人
若罩了的是另一种寂静的注洋
是什么？你听
唇齿一样苟气回肠，凌虐匹翔
九个素子构成的国度
回到乙间，布满靡境与乞情

回到乙间，薰草的滴子墨罗摄布
花香袭端心房
含水顶游四方
路以路的柔志静谊
水以水的质感凝克

就这样日益融深
是蓝色宝石的涂料，绿色宝石的涂料
爱人，停下你的枣红马
看新生的云朵擦拭蓝天
水声敲击心雁时，你听
即将灵魂抱来是更纯净的泪眼

芦苇滩轻轻的曲折湖岸
野鹤挑逗这美学
何忧伤的蔷薇抛洒白色花瓣
爱人，你的形象
你词的形象，言词的到家远渐呈现
水的腰肢，水的胸
水的额脸，水的眼
都是忧伤蔚蓝涌子的形象

燃烧的骨头

孙建军

黄尘弥漫的路，向上，向上
一次葬礼正缓缓而行
燃烧的，厮磨着山村的玉米芯灯
引领我们的双脚与灵魂
幽幽的光芒弥合天地之间的缝隙
后生们举哀的队伍
如此虔诚，如此宁静
又如此地感到地远天高

我们大慈大仁的祖父祖母啊
在走向另一个世界的路上
无论先去的，还是后随的
今夜，又会在一根红绳的掩埋中一道安息
不孝的，也是孝顺的我们
就联想起你们遥远的婚礼
而引领着脚印的幽光
是如此细长，又如此清晰

我们，祖父祖母的后生
洪洞城下大槐树的枝叶
窑洞分娩出来的籽粒呵
为生的倔强

孙建军(1954～)，四川成都人。中国作家协会会员。1991年参加《诗刊》社第九届"青春诗会"。诗作发表于《人民文学》《诗刊》《星星》《萌芽》《绿风》《诗林》《四川文学》《青年作家》等。曾获萌芽文学奖、四川文学奖、巴蜀文艺奖、中国电视金鹰奖等奖项，出版诗集《善良的孩子》《时间之岛》《诗话中国》《孙建军诗选》等六部以及评论集、长篇小说多部。

行进在死者的路上
招魂幡，在如血的火光中撕扯寒风
这是我的老家
深黑的煤层中盘着我的血脉
泥土的皮肤上写满了姓氏的体温
就这样倾听到了与生俱来的真切
最近的心跳，萌芽星子
最远的命运，召唤灵魂

我想到泥土与皮肉与太阳一样的颜色
想到玉米，这齿状的粮食
在喂养了我们之后
骨头，就这样默默无语地燃烧起来

这是我的老家
我想到田垄和房舍
这以干旱抗拒播种的土地呵
以春秋笔法衍变日月的轮回
以歉收的小米养育了不灭的生灵
盛满一只土黄的海碗
钱钱粥还是那样地香
这是老爹说的，伯伯叔叔们说的

同辈族兄族弟，晚辈族子族孙说的

我，又怎能忘掉其中的滋味

是的，这些玉米、谷子、豆子捧在碗中

会同整个黄土高原一样沉重

就想去岸上喊几声

以沙哑的嗓子，皴裂的风

寻觅风尘中的质朴亲情

玉米芯灯默默无语

仿佛幽幽的月光也在倾听

燃一串苍老的信天游

呜呜咽咽，是亘古的唢呐

就想起崖壁上的土窑

土坎上的旱井

挖掘墓地的板锹

驮着炭筐出山的牲灵

还有从头至脚置放的

石头——断砖——旧犁

想到光秃秃的山梁上

仅存的苍松翠柏掩映着历代祖坟

那是不是看似无言的古老星座

沉吟着，也昭示着啊

想起缺粮时节
每粒粮食都有故事
从赶牲口爷爷腰间的布袋
直到一把炒面一把雪
如此的，我们怀揣星光般的火种
火种般的泪光
双手和双膝都沾满黄土
一尊石碑
一如所有种子的祈祷
我们不仅膜拜血肉的躯体，纯洁的灵魂
亲近这片神秘土地
我的黄土高坡，高就高在
离黄河远
离银河近
向下望，那是村外黄河的一脉
是谁唱了一声喝了咱的酒
那是水中的盐，血中的泪
苍天啊，以列祖列宗的名义
你给我一碗
我敬你一杯

就知道这方泥土中为何有一种花

被久久地歌唱

山丹丹，这如心似血的花

正是我们播种于斯，心跳于斯的象征

我想到血肉的情感如水

骨头的质地如石

水与石洗磨的黄土层里

有骨气的后代一茬茬地生

子孙是遗传的骨头，信念是民族的骨头

雪山是疆土的骨头，憧憬是生活的骨头

才有，轰轰烈烈的死

坦坦荡荡的生

我知道这沉重的葬礼之后

黄土高坡将又一次苏醒

重新开始耕作

也重新开始爱情

是的，生命因为古老而拒绝死亡

人啊，抬起头来

裸露的脊背一如历史般的铜镜

燃烧的骨头

孙建军

崇山弥漫的路，向上，向上
一行辇祇正缓缓而行
燃烧的，照耀着山野的玉米芯灯
引领我们的双脚与灵魂
走出的苍老弥合着天地之间的通路
后生们宴宴的队伍
如此虔诚，如此宁静
又如此比事到比远天高

我们大善大仁的祖父祖母啊
在走向另一个世界的路上
无流光去的，还是后边的
今夜，又合在一根红绳的缠埋中一道去身
不寿的，也是孝顺的我们
就脆跪起送你们远去的婚礼
而引领着脚印的烛光
是如此细若，又如此清晰

我们，祖父祖母的后生
法洞燃大提树的枝叶
室洞分烧出来的籽粒啊
为生的催摧
行走在乳者的路上

把灵魂悬在如血如火的光芒中撕扯寒风
这是我的光荣
深黑的煤层中奔涌着我的血脉
泥土的皮肤上写满了杉民的体温
就这样触听到了与生俱来的亲切
最近的细胞，萌芽着子
最远的命运，召唤灵魂

我想到泥土与皮肉与长河一样永远褪色
想到玉米，这些米的粮食
在喂养了我们之后
骨头，就这样默默无语比她说起来

这是我的光荣
我想到田野和房舍
这从干旱机拒播种的土地啊
以春秋书法折变日月的轮回
以欠收的小米青拔五千字不灭的生产
盛满一只土壳的瓷碗
饿饿强还是那样地吞
这是光荣说的，叔叔们的们说的
同辈谁先挨饿，晚辈族子说的说的
我，又怎能高接其中的滋味呢

是啊，这些玉米、谷子、豆子摆在碗中
会和整个黄土高原一样况重
就想去崖上喊几声
从沙哑的嗓子，皴裂的风
寻觅风尘中的质朴亲情
玉米芯听默默无语
仿佛露出的月光也在倾听
燃一串苍老的信天游

呜呜咽咽，是亘古的喷喇
就想撩起庭堂上的土尘
土坑上的旱井
揽起襁褓中的板锹
就着定造出山的羊皮
还有从头至脚置设的
石头——断砖——旧犁
想到光先党的山梁上
仅存的苍松翠柏掩映着历代祖坟
那是还走着似旺盛的古老丰碑
吟唱着，也昭示着的
想起缺粮时节
引粒粮食都有故事
从趔趄以爷爷腰间的布袋

直到一把的雨一把雪
如此的，我们满怀凄凉般的火种
火种般的泪光
双手和双膝都沾满黄土
一尊石碑
一如所有种子的祈祷
我们不仅膜拜血肉的躯体，纯洁的灵魂
来过这片神种的土地
我的黄土高坡，高起高处
高黄河远
邈银河远
向下望，那是挂北黄河的一脉
是谁唱过一声喝了咽的酒
那是水中的盐，血中的泪
苍天啊，以列祖列宗的名义
你给我一碗
我敬你一杯

就知道这方泥土中为何有一种花
被久久地歌唱
山丹丹，这如心似血的花
正是我们横种千斯，心跳不斯的我们
我想到血肉的情愫如水
骨头的质地如石
水与石浇筑的黄土后裔

有骨头的后代一茫茫如出
子孙是遗传的骨头，信念是民族的骨头
爱情是疆土的骨头，惆怅是生活的骨头
才有，衰竭到死的死
坦坦荡荡的王

我知道这沉重的葬礼之后
黄土高坡将又一片苏醒
重新开始耕作
也重新开始爱情
是的，生命因为古老而拒绝死亡
人啊，抬起我来
裸露的脊背一如历史般的铜镜

　　　　1991.2 第六改写于灵渠
　　　　1991.9 改于山东邹城
　　　　　十届青春诗会

被揭示的刀锋

雨　田

雨田（1956~　），本名雷华廷，生于四川绵阳。当代诗人。1972年开始诗歌创作。20世纪80年代以后，以其独立的意义写作成为巴蜀现代诗群中的重要诗人。1991年参加《诗刊》社第九届"青春诗会"。已出版诗集《秋天里的独白》《最后的花朵与纯洁的诗》《雪地中的回忆》《雨田长诗选集》《乌鸦帝国》《纪念：乌鸦与雪》等。诗作入选国内外四百多种选本，部分诗作被译成多国文字。曾获刘丽安诗歌奖、四川文学奖等奖项。代表作品有《麦地》（长诗）、《国家的阴影》（组诗）等。

想着某一天　我将手伸给一片阳光
曾迷乱我心境的冰冷的声音从背后传来
那一阵嗒嗒的马蹄离城市远了
风在移动　苦咖啡的气息日夜流动
一种倒悬的手势靠近钟声　灵魂的孤独
泛滥于与我毫无相关的风景　那些
切割诗歌的刀锋割裂空气和鸟语
燃烧着的阳光喂着冷风洗涤的日子
人的意志被切割之后　柔情深处焚烧枯木
现在我依然面临一道雪白的河流　倾听
精细的流水之歌　作为一个诗人
我艰难而忧郁地活着　我感恩这个时代
我期待着属于我的一阵远去了的马蹄

语言的门敞开着　并不成熟的我独自而行
疲惫的脚步沉重　果实任一种忧伤凄惨而美丽
谁能摧毁横在我们面前的这堵黑墙
谁却在伸出手掌之前就被击伤　真理的本质
汇入灵魂的急流　一棵树和一种刀口
击碎灰暗的天空　那些早已溺死的语言
谁也无法拯救　落日和鸟的长鸣穿过盲者
的怀抱

当我试图靠近人类的尽头时　躲在阴影里的人们
同样或是思想的歌者　我依然沉淀在一首诗中
在低垂的果实爆裂之后　谁也无法切入曙光

就这样　为了牵肠挂肚的书本我举起刀
割破时间的皮肤和水的皮肤　反复的动作
显影出一种贵族的孤高　在一个无风无雨的夜晚
我侧耳倾听着思想一般沉郁的曲子
仿佛　触摸生命的核心并穿过幽暗的季节之河
在语言的深宫里　我的锋刃光芒四射
我的诗歌象征着成长的孩子艰难地成长着
在柔韧的双手之间　我的语言摸到了死神的骨头
而我火焰般的阳光的光泽度像刀锋一样对抗
阴影的压迫　被揭示的刀锋深入人的内心
我在我的深处歌唱　并感受语言的伟大

玻璃般的刃锋

湘田

想着某一天　我将伸手触给一片阳光
曾迷乱我心灵的冰冷的声音从背传来
那一阵嘚嘚的马蹄将我惊醒了

风在移动　苍白的呼吸气息日夜滚动
一种刻意的手势最近钟声　灵魂的孤独
泡在手与我觉和相关的风景　那些
切割诗歌的刃锋割裂坚石和鸟语
燃烧着的阳光跟着没风光漂的日子
人的意志很切割之后　柔情深处婆娑柏木
现在我依然面临一遥望的河流　倾听
精细的流水之歌　作为一个诗人
我跟随你忙那地活着　我感恩这个时代
我期待着属于我的一阵远去了的马蹄

语言的闪烁乐着　并不成熟的我抽而好
疲惫的脚步沉重　采集一种快乐要惜而装的
诅咒碰毁横在我的面前的这堵黑墙
诅咒在伸出手掌上的歌颂斓歌　奥秘的事物
汇入灵魂的急流　一裸柏和一种风口
高楼灰暗的失望　那些年已赐纯的语言
谁也无法拯救　昔日和鸟的长舒唤起昔看的怀光
当我试图靠近人类的尽头时　雅在阴影里的人们
同样或是思想的致着　我依然沉浸在一首诗中
在低重的果敢暴毙之后　谁也不会见入曙光

茄逝锋　为了雷脚捷驰的书本我举起刀
劈破时间的皮肤和水的皮肤　红薯的动脉
显影出一种贵族的孤高　在一个风和的夜晚
我从其中听着思想一般沉郁的曲子
仿佛　飓爱生命的核心并穿过幽暗的季节之河
在语言的深写里　爱的锋刃光芒四射
我们诊取象征着成长的孩子般地盛放着
在柔韧的双手之间　我从语言感到了死神的骨水
那我以焰燃的阳光的光辉景象刀锋一样好玩
阴影的延趣　被剥开的刀锋深入人的内心
我在家的深处歌唱　并感受语言的锋犬

　　　　　1991年5月于绵阳东河埠
　　　　　2020年4月10日钞于咙旁村

河 流

阿 坚

阿坚（1955~ ），本名赵世坚，生于北京，祖籍山东崂山。民间写作代表诗人之一。1992年参加《诗刊》社第十届"青春诗会"。出版小说与诗合集《正在上道》《携酒万里行》《酒的笑话》《肥心瘦骨》等作品。长期从事搜集整理当代民谣的工作。

天，贴着河面
河都在低处
波浪滚动，碰响了天空
没有风的时候
河水就像流风那样
轻盈地飘行
直到远处。整个地挂在大上
海是地球上最软的地方
那来自远山的液体
由淡变咸

较满意的一首：

阿坚

河流

天，贴着河面
河都在低处
波浪滚动，碰响了天空
没有风的时候
河水就像流风那样
轻盈地飘行
直到远处，整个地挂在天上
海是地球上最软的地方
那来自远山的液体
由淡变咸

作于1994.9
抄于2020.6.7

墨韵青春——「青春诗会」诗人精品手稿选

荣荣（1964~　），女，原名褚佩荣，出生于浙江宁波。1992年参加《诗刊》社第十届"青春诗会"。出版多部诗集及散文随笔集等，曾获首届徐志摩诗歌节青年诗人奖、新世纪十佳青年女诗人、第五届华文青年诗人奖、第二届中国女性文学奖、2008年《诗刊》年度优秀诗人奖、2010~2011年《诗歌月刊》年度实力诗人奖、2013年度《人民文学》诗歌奖、2014年度中国作家出版集团优秀作家贡献奖。诗集《看见》获第四届鲁迅文学奖。

露天堆场

荣　荣

一眼就能看到的那个露天堆场
通常都很寂静　一片开阔地
许多货物被打上戳记
集体堆放
一群患难朋友
那总是些从外表上很难识别的贵重物
曾被放进去的那双手珍惜
现在它们堆置在露天　出奇地安静
偶尔顶一块军用雨布
像一群衣履不整的孤儿
我总在担心　当它们终于回家
是否还完好无损

有一天我曾给你邮寄过一件礼物
我在邮包外打上这几个戳记
"怕湿""向上""小心轻放"
现在你是否能想起并找到
你从没向我提起　我也羞于询问
带着这些提请注意或恳求的符号
她是否已找到一心投奔的温暖
我怕知道她现在的境况
若她挨淋、倒置或被重重地敲打

流泪的是我的眼　破碎的是我的心
颠覆的是我曾赖以支撑的梦幻

露天堆场

荣荣

一眼就能看到的那个露天堆场
通常都很宁静 一片开阔地
许多货物被打上"↑" "☂" "✗"
集体堆放 一群亲密朋友
那享是些从外表上很难识别的贵重物
曾被这世去的那双手珍惜
现在它们被堆置在露天 偶尔
顶一块军用雨布 衣不蔽体
出奇地安静 似有一腔冤屈
我总在担心 当它们终于回家
是否还完好无损

有一天我曾给你寄过一件礼物
我在邮包外打上这几个戳沱
"怕湿""向上""小心轻放"
现在你是否能想起并找到
你从没向我提起 我也羞于询问

带着这些提请注意我恳求的孩子
她是否已找到一个投靠的避暖
我怕知道她现在的境况
若她挨淋　倒是我被重重地敲打
流泪的是我的眼　破碎的是我的心
载覆的是我曾赖以支撑的梦幻

1992. 2. 11.

母 亲

班 果

墨韵青春——"青春诗会"诗人精品手稿选

班果（1967~ ），藏族，
青海化隆人。1981 年
开始发表作品，1992
年参加《诗刊》社第十
届"青春诗会"。1994
年加入中国作家协会。
著有长诗《达娃》《藏
民》《布达拉》《赞歌》，
组诗《牧人的诞生及
其他》《人的世界里》
《经幡飘拂的土地》等，
小说《龙驹江麦的末
日》《雷电中的羔羊》，
散文《走马俄洛》《父
亲和人类的天堂》《寻
找护法神》，发表长、
短诗两百余首，小说、
散文、评论二十余篇，
著有诗集《雪域》。

这时候

母亲们的身影却闪现在清晨

这时候

群山如同黑色的牦群

纷纷卧下，聚集在她的周围

两边修长的蓝天仿佛

一对滑过长空的晶莹羽翼

安详地栖在她的肩头

原野尽头的一面经幡

向她打着不变的旗语

仿佛是从天外发来的消息

告诉她这里是纯洁的新世界

没有云像集结的强盗

不在她的鞭声中逃散

没有山像凶恶的猛犬

不在她的抛石下俯首称臣

没有花朵像剧院里的听众

不在她的歌声中战栗

没有草原像一个绿色的使者

不在她的通知中准时到来

只有风仿佛隐形的情人

为她撩起沉重的裙袍
只有水仿佛闪亮的奴仆
携着游牧的畜群遍访大地
为她洗濯发光的胴体

一条狭长的谷地
两头并轭的牛
一阵雨
她撒下嗡嗡鸣叫的青稞
大地立刻喧哗着翻起闪耀的绿波
一块沉默的岩石
一条汹涌的溪流
她打开闸门
笨重的石头开始旋转歌唱
一副脚蹬
一具马鞍
一根细巧的鞭子
她牵动身下的山脉
一座高原跃上了天空

羊群

孙晓杰

这时候
羊群们的身影都闪现在清晨

这时候
群山如同黑色的牧群
纷纷卧下,聚集在她的周围
两边修长的蓝天仿佛
一对滑过长空的白鸽羽翼
安详地摊在她的肩头

原野尽头的一面红旗
向她打着不变的谜语
仿佛是从天外带来的消息
告诉她这是个纯净的新世界
没有云像渔夫的谎话
不在她的歌声中逃散
没有山像凶恶的猎犬
不在她的地平下俯首称臣
没有花朵像剧院里的听众
不在她的歌声中凋零
没有草原像一个绿色的使者

不去地以通知中准时到来
只有风仿佛隐形的情人
为她撩起泥重的裙裙
只有水仿佛闪亮的奴仆
搂着游牧的羊群通诉大地
为她洗濯安详的胸怀

一条坡长的谷地
两头青鬃的牛
一阵雨
地挤下哞哞鸣叫的节粿
大地立刻喧哗着翻起闪耀的浪波

一块沉默的岩石
一条汹涌的溪流
地打开闸门
紧贴的刀头开始旋转歌唱

一副脚镣
一具马鞍
一双细巧的鞋子
地牵动身下的山脉

一座高原驮上了天空

房 卡

汤养宗

汤养宗（1959~ ），福建霞浦人。曾在海军水面舰艇部队服役。现居闽东霞浦。1992年参加第十届"青春诗会"。出版诗集《去人间》《制秤者说》《一个人大摆宴席：汤养宗集1984~2015》等七部。先后获得福建省百花文艺奖、人民文学诗歌奖、中国年度最佳诗歌奖、《诗刊》年度奖、新时代诗论奖、第七届鲁迅文学奖诗歌奖等奖项。

在东方，人与万物之间的隔阂其实是光
现在，这把房锁正在阅读我手里磁卡上的密码
当中的数据，比梦呓更复杂些，谁知道是
怎么设置的。结果，门开了
相当于一句黑话通过了对接，一个持有
房卡数据的人，得到了
幽闭中凹与凸、因与果、对与错的辨认
里头有个声音说，不要光
这里只凭认与不认。但黑暗
显然在这刻已裂开。这显得有点不人间
许多人同样不知道
从这头通向那头的事并不是人做的事
它"嘀"的一声就开了，并不理会
开门者是谁，并不理会这个人就是诗人，以及
他打通过无数的事物
命活与命死只凭那些数据
只凭约定好的呼与吸、隐与显、拒与纳
它不信别的

房卡

在东方，人与事物之间的隔阂其实是光
现在，它把房搁正在阅读或手里磁卡上的密码
当中的数据，比梦呓更复杂些、谁知道是
怎么设置的结果，内开了
相当于一句暗语通过了对接，一个持有
房卡数据的人，得到了
此闷中的吉凶，因与果、对与错的辩认。
里头几个声音混，不要光
这里马凭认与不认。但是晴
里然在这刻已裂开。这里仍有点不人间。
许多人同样不知道
从这头通向那头的事并非是人做的事
它"滴"地一声就开了，并不理會
开门者是谁，並不理會这个人就是诗人，以及
他打道过身敷的事物
命运与命乱只，凭那空敷据
只凭约定好的呼与吸、喹与里、推与纳
它不信别的

作于 2011.6.20
向喜岩

母亲的灯

刘向东

墨韵青春——「青春诗会」诗人精品手稿选

刘向东（1961~　），出生于河北兴隆。中国作家协会会员。1993年参加《诗刊》社第十一届"青春诗会"。主要著作有诗集《山民》《谛听或倾诉》《母亲的灯》《落叶飞鸟》《顺着风》和杂著《指纹》《惦念》等十九部。作品先后入选《中华人民共和国50年文学精华·诗歌卷》《新中国50年诗选》《中学生语文》等二百多个国内选本和英文、法文、德文、日文、波兰文、捷克文选本，另有塞尔维亚文诗集《刘向东的诗篇》等行世。

那灯
是在怎样深远的风中
微微的光芒　豆儿一样

除了我谁能望见那灯
我见它端坐于母亲的手掌
一盘大炕　几张小脸儿
任目光和灯光反复端详

夜啊多么富裕
寰宇只剩了一盏油灯
于是吹灯也成了乐趣
而吹灯的乐趣　必须分享

"好孩子　别抢　吹了　妈再点上"
……点上　吹了
吹了　点上……

当我写下这些诗行
我看见母亲粗糙的手
小心地护着她的灯苗儿
像是怕有谁再吹一口

她要为写诗的儿子照亮

哦　母亲的灯
豆儿一样　在我模糊的泪眼中
蔓延生长
我看见茫茫大野全是豆儿了
金黄金黄

那金黄的涌动的乳汁啊
我今生今世用不完的口粮

母亲的灯

刘向东

那灯
是在怎样遥远的风中
微小的光芒
豆儿一样的光芒

除了我谁能望见那灯
我觉定活在母亲的手掌
一盏灯炕几张小脸
在目光如灯光衣食辗转

啊,富裕的夜晚
震撼只剩下盏油灯一盏
于是吹灯也成为乐趣
而吹灯的乐趣必须分享

好孩子,别抢
吹了,妈再点上
点上,吹了
吹了,点上

当战争下这盏潜行
我看见母亲粗糙的手
小心地护着她的灯芯儿
像是怕有谁再吹一口
她要为她的潜的儿子照亮儿

哦，母亲的灯
豆儿一样
在我模糊的泪眼中意延急长
收割茫茫大野全是豆儿了
金黄金黄

那金黄的涌动的
乳汁啊
我今生今世用不完的口粮
1993年秋于第十一届青春诗会

墨韵青春——「青春诗会」诗人精品手稿选

大解（1957~　），本名解文阁，河北青龙人。现居石家庄。1993年参加《诗刊》社第十一届"青春诗会"。曾创作多部诗、小说、寓言等。作品曾获首届屈原诗歌奖金奖、第六届鲁迅文学奖等多种奖项。

造　访

大　解

此刻我站在火车道旁
火车道轨冰凉而闪亮
四外空空的
既没有庄稼　也没有房屋
视野尽头仍是荒草和空气
和两道铁轨
十分钟以前　一列快车开过去
现在是十分钟以后　或者更久
风吹着远处的天空
下一列车还未到来

我不知为什么来到这里
我来到这里　两手空空
比地面高出七尺

造访

大解

此刻我站在火车道旁
火车道轨冰凉而闪亮
四外空空荡
既没有庄稼 也没有房屋
视野尽头仍是荒草和空气
和两道铁轨
十分钟以前 一列快车开过去
现在是十分钟以后 或者更久
风吹着远处的天空
下一列车还未到来

我不知为什么来到这里
我来到这里 两手空空
比地面高出七尺

1993. 7. 20.

叶玉琳(1967~)，女，福建霞浦人。中国作家协会会员。福建省作家协会副主席，福建省宁德市文联主席。1993年参加《诗刊》社第十一届"青春诗会"。著有诗集《海边书》等四部，获奖若干。

除了海，我没有别的地方可去

叶玉琳

我好像还有力量对你抒情

如果有人嫉妒

我就用海浪又尖又长的牙对付他

这一片青蓝之水经过发酵变成灼灼之火

在每个夜晚，我贝壳一样爬着

和你重逢。看不见的飓风

在天边画着巨大的圆弧

又从大海的脊背反射出奇景

在有月光的海面

我们的身影会一再被削弱

仿佛大海的遗迹

所幸船坞不曾停止金色的歌唱

我也有一条细弦独自起舞

你知道在海里

人们总爱拿颠簸当借口

搁浅于风暴和被摧毁的岛屿

可一个死死抓住铁锚

不肯低头服输的人

海也不知道拿他怎么办

那些曾经被春风掩埋的

就要在大海里重生

现在我只想让我的脚步再慢一些
像曙光中的蓝马在海里散步
我移动，心里紧贴着细沙
装满狂浪和激流
也捂紧沸腾和荒芜——

除了海，我没有别的地方可去

除了海，我没有别的地方可去

叶玉琳

我好象还有力量对你抒情

如果有人妒嫉妒

我就同海浪又宽又长的乐曲拍他

这一片青蓝之水一经过发酵变成灼灼之火

在每个夜晚，我贝壳一样爬着

和你重逢。看不见的飓风

在天边划着巨大的圆弧

又从大海的脊背反射出奇景

在有月光的海面

我们的身影会一再被削弱

仿佛大海的遗迹

所幸船坞不曾停止金色的歌唱

我也有一条细弦独自起舞

你知道在海里
人们总爱拿盐当借口
搁浅于风暴和被摧毁的岛屿
可一个死死抓住铁锚
不肯低头服输的人
海也不知道拿他怎么办
那些曾经被暴风掩埋的
就要在大海里重生
现在我只想着让我们的脚步再慢一些
像晨光中的蓝马在夜里驰里
我移步，心里紧贴着细沙
装满狂浪和激流
也捂紧沸腾和荒芜——

　　除了海，我没有别的地方可去

二胡或古都

秦巴子

秦巴子（1960~　），生于陕西西安。诗人、小说家、评论家。1993年参加《诗刊》社第十一届"青春诗会"。出版诗集《立体交叉》《纪念》《神迹》《此世此刻》等，长篇小说《身体课》《大叔西游记》《跟踪记》，短篇小说集《塑料子弹》，随笔集《时尚杂志》《西北偏东》《我们热爱女明星》《窃书记》《有话不必好好说》《购书单：小说和小说家》等，合著有《十作家批判书》《十诗人批判书》《时尚杀手》等，主编《被遗忘的经典小说》（三卷）等。

要让青蛇的歌唱
燃烧到松香的皮上
要让它听见朽木
抬着的月亮

冰凉潮湿的古藤
缠绕着手指
要把幽咽送入
雪和灰瓮

泪水，潸然而下
今夜
一只枯萎的葫芦
漂向源头

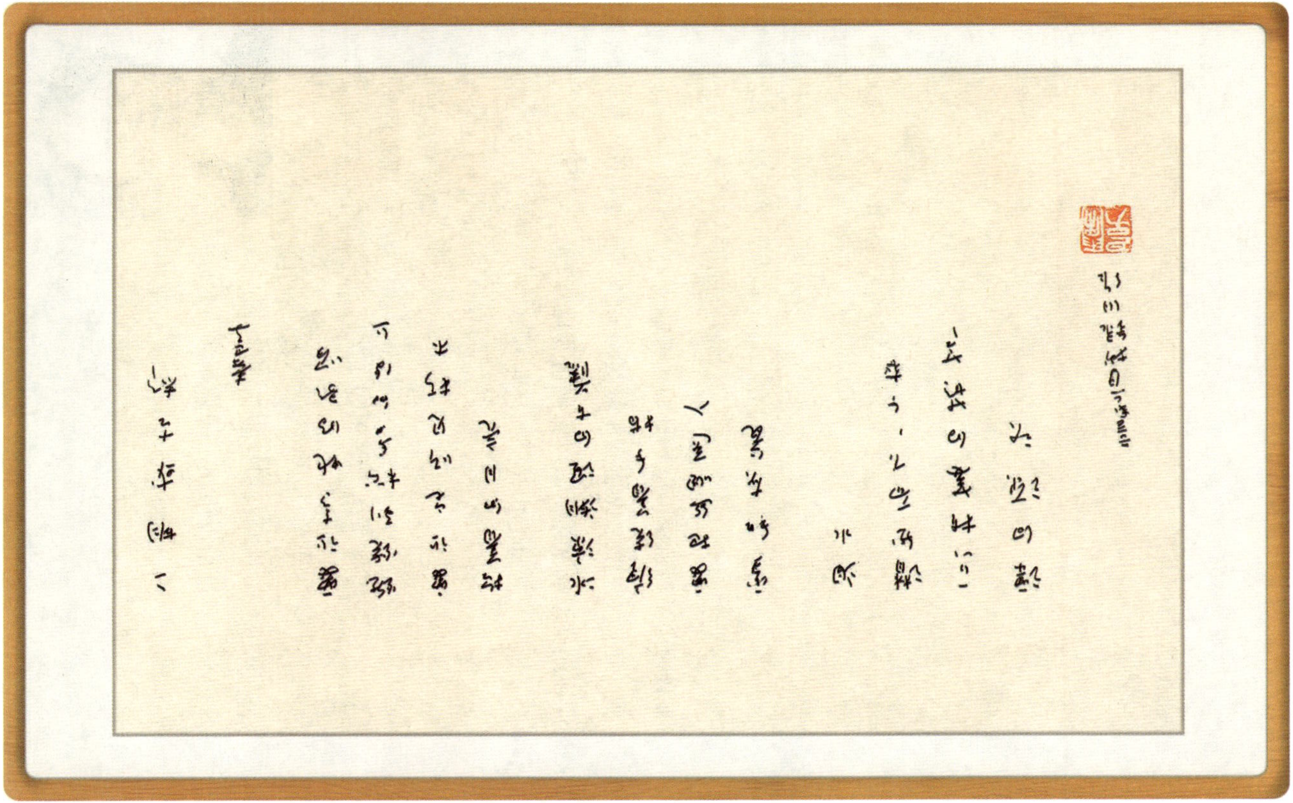

询 问

叶 舟

墨韵青春——"青春诗会"诗人精品手稿选

叶舟（1966~　），诗人、小说家。现任第十三届全国政协委员，甘肃省作家协会主席。1994年参加《诗刊》社第十二届"青春诗会"。著有《大敦煌》《边疆诗》《叶舟诗选》《敦煌诗经》《引舟如叶》《丝绸之路》《自己的心经》《西北纪》《叶舟小说》《秦尼巴克》《兄弟我》《诗般若》《所有的上帝长羽毛》《汝今能持否》《敦煌本纪》等数十部专著。作品曾获得第六届鲁迅文学奖、人民文学小说奖、人民文学年度诗人奖、十月文学奖、钟山文学奖等奖项。

是多少痛苦，堆积在边疆？
沿着那一排白杨，月亮
像一只野鸽子，挂在天上。
河流上的风，逶迤流淌
今夜，谁活在世间，谁就是国王。

和五谷杂粮，一道生长。
萧瑟果园里，让心上人睡在一滴泪上。
一盏天鹅飞渡星光
劈开了谁的内心，望见秋天下的教堂？

询问

叶舟

是多少痛苦，堆积在心脏？

沿着那一排白杨，月亮
像一群野鸽子，挂在天上。
河流上的风，裹起流淌
今夜，谁活在世间，谁就是国王。

和五谷杂粮，一道生长。
萧瑟果园里，让心上人睡在一滴泪上。
一羣天鹅飞渡星光
劈开了谁的内心，望见秋天下的教堂？

2020.6.抄.

郭新民（1957~ ），号宁武关人、仁纶堂主。20世纪70年代中期开始文艺创作，潜心诗文，擅长书画，对文物书画鉴赏有一定造诣。1992年加入中国作家协会。1994年参加《诗刊》社第十二届"青春诗会"，2010年首届《诗刊》社"青春回眸"诗会。曾获第一届艾青诗歌奖、赵树理文学奖等各类文艺奖数十项。凭借《郭新民抒情诗选》《一棵树高高站着》两次入围鲁迅文学奖终评。出版专著十余部。

悼　鱼

郭新民

那条鱼
肯定没有问卜
出游时遇到了麻烦
网
在不远不近处等它

最后的奔逃止于
森森利刃
寒光一闪
它梦见海和浪花
之后就不再喧哗
疼痛后的麻木弥漫开来
若水，载它回家
而回家的路总是太远太远
走在半路
就耗尽了一生

悼鱼 郭玙民

那条鱼
肯定没有问卜
上游时遇到了麻烦
网
在不远不近窥视着它

最後的奔逃正于此
森森利刃
寒光一闪
它梦见海和浪花
之后就不再喧哗
疼痛後的麻木弥漫开来
若水。戴光回家
而回家的路总是太远太远
走在半路
就耗尽了一生

1989.7.25
在北戴河

池凌云（1966~ ），女，生于浙江瑞安。1985年开始写作，1994年参加《诗刊》社第十二届"青春诗会"。著有诗集《飞奔的雪花》《光线》（与人合著）、《一个人的对话》《池凌云诗选》。获十月诗歌奖等多项诗歌奖项。部分诗作被译成德文、英文、韩文、俄文等。

所有声音都要往低音去

池凌云

日出时，所有声音都要往低音去。
夜的运动把伸出的幼芽压碎，
露珠与泪珠都沉入泥土
一切湮灭没有痕迹。唯有
盲人的眼睑，留在我们脸上
黑墨水熟悉这经历。一种饥饿
和疾病，摸索葛藤如琴弦。
我们的亲人，转过背去喘息
他们什么也没说，他们无法洗净
身边的杂物。黑夜的铁栅
在白天上了锁，没有人被放出去。
没有看得见的冰，附近也没有火山。

所有声音都要往低音去

池凌云

日出时，所有声音都要往低音去，
夜的运动把伸出的幼芽压碎。
露珠与泪珠都沉入泥土
一切湮灭没有痕迹。惟有
盲人的眼睑，留在我们脸上
黑暗水熟悉这经历。一种饥饿
和疾病，接连蔓藤如琴弦。
我们的亲人，封进静止的窒息
他们什么也没说，他们无法洗净
身边的杂物。黑夜的铁栅
在白天上了锁。没有人被放出去，
没有看得见的冰，附近也没有火山。

2010. 10. 9

张执浩（1965~ ），生于湖北荆门。中国作家协会会员。1994年参加《诗刊》社第十二届"青春诗会"。现为武汉市文联专业作家。主要作品有诗集《苦于赞美》《动物之心》《撞身取暖》《宽阔》《高原上的野花》和《家宴》等，另著有长篇小说、中短篇小说集、随笔集多部。曾先后获得过中国年度诗歌奖、人民文学奖、十月年度诗歌奖、第十二届华语文学传媒大奖年度诗人奖、首届中国屈原诗歌奖金奖、《诗刊》2016年度陈子昂诗歌奖、2017年度"十大好诗"奖等多项奖项。2018年诗集《高原上的野花》获第七届鲁迅文学奖。

采石场之夜

张执浩

从敲打到敲打，搬运是后来的事
还有简单的马车、沿途掉落的
声音和房舍
我看见：石头！从山腰上滚下来的
石头，相互倾轧，像盲目的仇恨
止息于我的半截脚趾

群山漆黑，而采石场更白，仿佛
月亮的遗址
此刻，有人正在这里生活
在石缝间呼吸，在石头后面磨砺牙齿
一只幸存的蜥蜴正在翻越一块花岗岩
不远处，白马打着响鼻

唉　这样的夜晚，对于我
是多么沉重
掘地三尺，我也不能让好梦成真
而移动一块碎石，便会有一连串响声
传过去，似乎惊动了黎明
我知道，我不免沦为齑粉

但是，有人已经醒来，顺手牵起

钢钎和铁锤。他熟练地爬

到了山腰

我抬头看见月亮，和月亮里的

这个黑影：他在敲打

用力啊用力，进入了大山的骨髓

羊圈垴之夜

张执浩

山高林密，越高越打，挪货还是近来的马
走向简单的马车，沿途撞落的
青草和房舍
我望见：石头！比山腰上滚下来的
石头，相互倾轧，像旧日的红娘
比白天更贴近我们的胸口比

群山漆黑，而羊圈更黑，仿佛
日暮的退址
此刻，我从这里走过
在那遥远的呼吸，从这座石磨的手里
一只壶里的蝴蝶从此翻越一块瓷碗
不远处，白马扬起鼻

唉 这样的夜晚，对于我
是多么沉重
掷地三尺，我也不能让这梦成真
而移动一块石头，便发出一连串响声
倚过去，似乎惊动了谁的
我知道，我不免沦为庸俗

于是，和己经醒来，随手拿起
钢钎和铁锤。他熟练地把
刀架山腰
我捡起自己的月亮，和月亮里的
那些黑影：他努力敲打
向力呵向力，进入了大山的骨髓

2003年

高凯（1963~ ），生于甘肃合水。中国作家协会会员。1994年参加《诗刊》社第十二届"青春诗会"。从事文学创作四十余年，出版诗集十余种。获第五届全国优秀儿童文学奖青年作者短篇奖、首届闻一多诗歌大奖、敦煌文艺奖、甘肃省文艺突出贡献奖及《飞天》《作品》《芳草》《莽原》《大河》等刊物诗歌奖。

苍　鹰

高　凯

一只苍鹰
把天空撑起

一匹白马
把大地展开

一条阳光大道
在一个苦行僧远去的背影里消失

一粒金沙在天地尽头
高出戈壁

凝神眺望
不是月亮就是敦煌

苍鹰

高凯

一只苍鹰
把天空撑起

一匹白马
把大地展开

一条阳关大道
在一个苦行僧远去的背影里消失

一粒金沙在天地尽头
高出戈壁

凝神眺望
不是月亮 就是敦煌

2020年11月26日在萧笛之嘱
书于兰州　高凯

枣 子

杨孟芳

墨韵青春——"青春诗会"诗人精品手稿选

杨孟芳（1951~ ），湖南平江人。中国作家协会会员。1977年开始诗歌创作。1994年参加《诗刊》社第十二届"青春诗会"。2004年诗作《故乡》入选上海市初中语文课本。著有《红地毯》《山那边》《回望故乡》《逃离与依恋》等多部诗集。

一树枣子
半红半黄
几回回雨想把它打落
一次次风在把它摇晃

它是母亲留给我的
粒粒长在她心上
雨，莫想要
风，莫想抢

只有我回来了
母亲才举起长篙
把自己的心
敲响

一树枣子半红半黄半回，可想

把它打落一次，风在把它摇

晃它是母亲当给我的光，长

在她心上雨荒把它风尘想摘

只为要回来了母亲才举起

长竿把自己的心敲落

挂心枣子见诗刊一九八九年一期组诗

甲戌庚午夏日杨金亭书

阎安（1965~ ），原名阎延安。生于陕北乡村。中国作家协会会员。1995年参加《诗刊》社第十三届"青春诗会"。2014年以诗集《整理石头》获第六届鲁迅文学奖诗歌奖。已出版《整理石头》《与蜘蛛同在的大地》《乌鸦掠过老城上空》《玩具城》《蓝孩子的七个夏天》《自然主义者的庄园》《无头者的峡谷》《时间患者》《鱼王》等多部著作。有部分作品被译成俄语、英语、日语、韩语在国外出版发行。

我喜欢玻璃的原因

阎 安

我喜欢玻璃

是其中包含着比刀子更尖锐

但不事杀生的锐角

我喜欢碎玻璃

是每一块碎玻璃所代表的锐角

都无法借助平面去完成丈量

我喜欢碎玻璃上的裂缝

是因为那是无法丈量的锐角的裂缝

是按照乌云酿成闪电的原理而诞生的裂缝

是只有可以徒手搏取闪电并以之为美的人

才能像驾驭花卉一样驾驭的裂缝

我喜欢玻璃的原因

闲名

我喜欢玻璃
是其中包含着比刀子更尖锐
但却不事杀生的锐角
我喜欢碎玻璃
是每一块碎玻璃所代表的锐角
都无法借助平面去完成丈量
我喜欢碎玻璃上的裂缝
是因为那是无法丈量的锐角的裂缝
是按照乌云酿成闪电的原理而诞生的裂缝
是又有可以徒手搏那闪电并以之为美的人
才能像驾驭花卉一样驾驭的裂缝

伊沙（1966~），原名吴文健。生于四川成都。诗人、小说家、批评家、翻译家、编选家。1989年毕业于北京师范大学中文系。1995年参加《诗刊》社第十三届"青春诗会"。出版著、译、编百余部作品。获美国亨利·鲁斯基金会中文诗歌奖金、韩国"亚洲诗人奖"以及中国国内数十项诗歌奖项。

呼尔嗨哟

伊 沙

事故发生在某次搬迁中
一座新的大楼
面前

某家的大立柜
被吊起来啦
由于庞大
无法通过
狭隘的楼道
这个巨无霸
无比悲壮地被吊了起来

一二三四
呼尔嗨哟
围观者目瞪口呆

后来它停在半空
摇摇晃晃
接着继续上升
就要接近八楼的阳台了

一阵惊呼

出了事故

它垂直而下

在空中

翻了十个跟头

轰然坠地

像是自杀

问题出在

绳子上

对于围观者

这是一幕喜剧

只有这家的老爷子

面对散落在地的

几块木板

伤心不已

镇家之宝

已历四世

就怕伤着了

家族的元气

他喃喃自语

呼尔嗨哟

伊沙

事故发生在某次搬运中
一座新盖的大楼
面前

某家的大立柜
被吊起来啦
由于庞大
无法通过
狭隘的楼道
这夕庞然大物
无比悲壮地
被吊了起来

一二三四
呼尔嗨哟
围观者目瞪口呆

后来它停在半空
摇摇晃晃
接着继续上升
就要接近
八楼的阳台了

一阵怪呼
生了事故
它垂直而下
至空中
翻了个跟头
轰然坠地
像是自卑
问题出在
绳子上

对于围观者
这是一幕喜剧

只有卖艺的老爷子
而对散落在地的
几块木板
伤心不已
镇家之宝
已历四世

就怕伤着了
家族的元气
他喃喃仍说

1995年作品
刊发于《诗刊》1995年11月号

我从西直门走到西单去上班

高 星

高星（1962~ ），生于北京丰台，祖籍河北枣强。1995年参加《诗刊》社第十三届"青春诗会"。出版图文书《中国乡土手工艺》（一、二、三)、《京华名人踪迹录》、《向着西北走》、《向着东南飞》、《香格里拉文化地图》、《执命向西》、《人往高处走》、《百年百壶》、《神曲版本收藏》，随笔集《屈原的香草与但丁的玫瑰》《镜与书》《夸夸其谈》，出版诗集《词语诗说》《壶言乱语》《转山》《疗伤》等。

街上空无一人
你都没有资格说自己是孤独
所有的建筑如同古老的遗物
世界小得在视力消失的边界
时间被阳光和风穿透　空空如也

我走在街上　口罩让语言变成了思想
一件件的回忆在摆弄着道理
结果几乎全被遮蔽

有许多不同的我　在与我一同行走
人的一生不过如此
许多事可有可无，许多时候无所事事
没有什么非我莫属

我从西直门走到西单去上班

高星

街上空无一人
你都没有资格说自己是孤独
所有的建筑如同古老的遗物
世界小得在魏力消失的边界
时间被阳光和风穿透　空无如也

我走在街上口罩让语言变成了思想
一件又一件回忆在摆弄着道理
结果似乎全被遮散

有许多子同的我　左与我一同行走
人生一定不过如此
许多事多有多无　许多时候无所事事
没有什么非我莫属

2020.2.

到雪地打草

冯 杰

冯杰（1964~ ），河南滑县人，生于长垣，现居郑州。诗人、作家、画家。1995年参加《诗刊》社第十三届"青春诗会"。获过《诗刊》诗歌奖、《星星》诗歌奖、台湾《蓝星》屈原诗歌奖、《联合报》新诗奖、台北文学奖新诗奖等奖项。出版有诗集《一窗晚雪》《布鞋上的海》《翻版的月光》《中原抒情诗》《讨论美学的荷花》《冯杰诗选》《震旦雅雀》，儿童诗集《在西瓜里跳舞》等。

在雪地打草很难得
四面是一排排雪
雪露出乳牙
雪很整齐
雪在大口大口呼吸

站在雪地
你就想起草棚下的羊了
那是雪下的另一层雪
到雪地打草
很不容易
更需要一种夏天的勇气

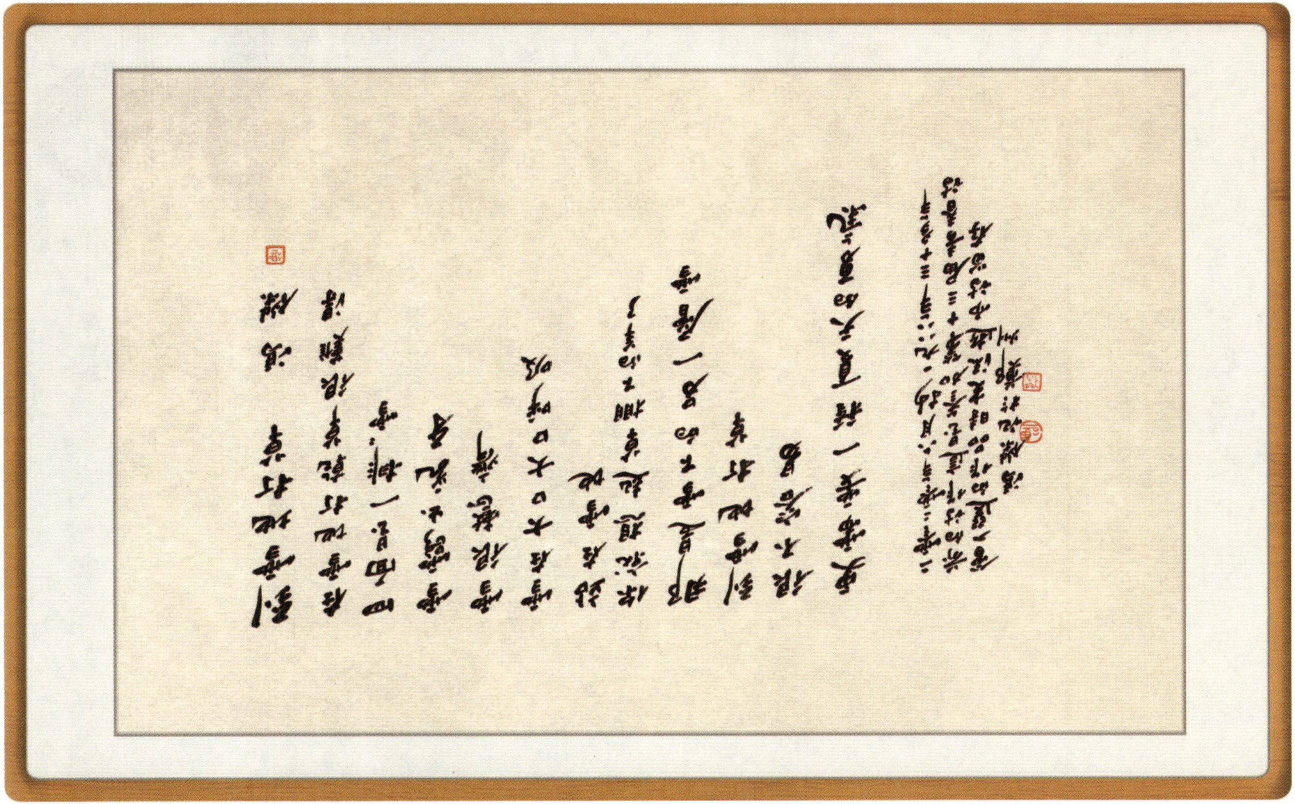
到雪地打草

谢湘南（1974~ ），出生于湖南耒阳。诗人、媒体人、艺术评论人。1997年参加《诗刊》社第十四届"青春诗会"。2000年个人诗集《零点的搬运工》入选"21世纪文学之星丛书"。著有长诗选集《过敏史》《谢湘南诗选》《深圳时间》《深圳诗章》等。曾获第七届广东省鲁迅文学奖、《深圳青年》文学奖、《诗选刊》2010年度最佳诗歌奖、"深圳年度十大佳著"等奖项。诗作入选上百种当代诗歌选本。

呼 吸

谢湘南

风扇静止

毛巾静止

口杯和牙刷静止

邻床正演绎着张学友

旅行袋静止

横七竖八的衣和裤静止

绿色的拖鞋和红色的塑胶桶静止

我想写诗却点燃一支烟

墙壁上有微笑和透明的女人

有嚼过的口香糖

还有被屠宰的蚊子的血

这是五金厂 106 室男工宿舍

这是距春节还有十八天的

不冷不热的冬季

这是一个星期天的晚上

 九点半

第一个铺位的人去卖面条了

第二个铺位的人给人修表去了

第三个铺位的人去"拍拖"了

第四个铺位的人在大门口"守着"电视

第五个铺位的人正被香烟点燃眼泪
第六个铺位的人仍然醉着张学友
第七个铺位的人和老乡聊着陕西
第八个铺位　没人
居住　还有三位先生
　不　知　去　向

呼吸

谢湘南

风扇静止
毛巾静止
口杯和牙刷静止
邻床正演绎着歌学友
旅行袋静止
横七竖八的衣和裤静止
绿色的拖鞋和红色的橡皮桶静止
我想写诗却点燃一支烟
墙壁上有做爱和透明的女人
有嚼过的口香糖
还有被屠宰的蚊子的血

这是五金厂106室男工宿舍
这是距春节还有十八天的
不冷不热的冬季
这是一个星期天的晚上的
九点半

第一个铺位的人去买面条了
第二个铺位的人给人修表去了
第三个铺位的人去"泡妞"了
第四个铺位的人在大门口"守着"电视
第五个铺位的人正被香烟点燃眼泪
第六个铺位的人你热醉着张学友
第七个铺位的人和老乡聊着陕西
第八个铺位 没人
居住 还有三位先生
不知去向

怀　疑

李元胜

墨韵青春——『青春诗会』诗人精品手稿选

李元胜（1963～　），生于四川叙永。诗人、博物旅行家。重庆文学院专业作家。1981年开始诗歌创作。1997年参加《诗刊》社第十四届"青春诗会"。著有《李元胜诗选》等数十部诗集，并出版有散文随笔集、长篇小说等。曾获第六届鲁迅文学奖、《诗刊》年度诗人奖、人民文学奖、十月文学奖、重庆市科技进步二等奖等奖项。

我一直怀疑
在我急着赶路的时候
有人把我的家乡
偷偷搬到了另一个地方

我一直怀疑
有人在偷偷搬动着
我曾经深爱着的事物
我的回忆
如今只剩下光秃秃的山丘

一个人究竟应该走多远
在这个遥远的城市
我开始怀疑
盲目奔赴的价值

在许多的一生中
人们不过是满怀希望的司机
急匆匆跑完全程
却不知不觉
仅仅载着一车夜色回家

怀疑

我一直怀疑
在我急着赶路的时候
有人把我的家乡
偷偷搬到另一个地方

我一直怀疑
有人在偷偷搬动着
我曾经深爱着的事物
我的回忆
如今只剩下光秃秃的山头

一个人究竟应该走多远

在这个遥远的城市
我开始怀疑
盲目奔走的价值

在许多人的一生中
人们不过是满怀希望的司机
急匆匆跑完全程
却不知不觉
白白载着一车夜色回家

李元胜 1997.4.21.

古马（1966~　），甘肃武威人，现居兰州。写诗三十多年。1997年参加《诗刊》社第十四届"青春诗会"。出版诗集《胭脂牛角》《西风古马》《古马的诗》《红灯照墨》《落日谣》《大河源》等。

青海的草

古 马

二月呵，马蹄轻些再轻些
别让积雪下的白骨误作千里之外的捣衣声

和岩石蹲在一起
三月的风也学会沉默

而四月的马背上
一朵爱唱歌的云散开青草的发辫

青青的阳光漂洗着灵魂的旧衣裳
蝴蝶干净又新鲜

蝴蝶蝴蝶
青海柔嫩的草尖上晾着地狱晒着天堂

青海的草

古马

二月啊，马蹄轻些再轻些
别让积雪下的白骨误作千里之外的捣衣声

和岩石蹲在一起
三月的风也学会沉默

而四月的马背上
一朵爱唱歌的云散开青草的发辫

青青的阳光漂洗着灵魂的旧衣裳
蝴蝶干净又新鲜

蝴蝶蝴蝶
青海柔嫩的草尖上瞭着地狱晒着天堂

1998. 4. 2.

星空下的木心美术馆

邹汉明

墨韵青春——『青春诗会』诗人精品手稿选

邹汉明（1966~　），生于浙江桐乡。诗人。中国作家协会会员。创作以诗、散文为主，兼及文史、文论与诗歌批评。1997年参加《诗刊》社第十四届"青春诗会"。近年在《山花》《十月》《花城》《诗刊》《中国作家》《散文》等文学刊物发表多篇作品。出版《江南词典》《少年游》《桐乡影记》《炉头三记》《嘉禾丛谭》等十一种著作。传记《穆旦传》等即将出版。

这年夏天巴尔扎克舅舅来乌镇
专门辟出一个大房间安顿他

他整天笑嘻嘻的
一边递烟，一边说着俏皮话
还舅舅长，舅舅短
惦记舅舅的胖脸和家里丢失的宋碗

陪了他们两小时
一个浑身汉语，一个浑身法语
两位老人兴致高
我却满头大汗

野力散尽的后半夜
小河水都安静下来
一颗星孤独地走到水底下
吱的一声，就那么一声
星光如弹下的烟灰
揿灭在美术馆的水池

星空下的木心美术馆
邵燕明

这年夏天也许他更多来一趟
走门静静一个大房间出神地

他乎无声吸烟了么
一也边烟，一边说着俏皮话
还多长，多远
塔起写的胖脸和宗裡青光的空间

陪了他们两小时
一个浑身漂泊，一个浑身法语
而使人兴致高
我却藏头大洋

野力散尽了的后半夜
小河水都安静下来
一颗星孤独地走，到水底下，
吹向一声，就那么一声
星光如弹下的烟灰
撒天在美术馆的小池

2019年

绽 放

代 薇

墨韵青春——「青春诗会」诗人精品手稿选

代薇（1969~　），女，祖籍宁波，生于成都，长在重庆，现居南京。当代诗人、专栏作家、新闻记者。中国作家协会会员。1997年参加《诗刊》社第十四届"青春诗会"。著有诗集三部，另有散文随笔若干。曾获十月诗歌奖、漓江出版社首届年度诗歌特别推荐奖等。

在山里
看见一棵树
繁花似锦
美得那么偏僻

此刻，你会发现
赞美与掌声
都是因为表演

没有见证的绽放
才是真正的花开

绽放

代薇

在山里
看见一棵树
繁花似锦
美得那么偏僻

此刻，你会发现
赞美与掌声
都是因为表演

没有见证的绽放
才是真正的花开

生 活

娜 夜

娜夜（1964~ ），女，
生于辽宁兴城，在西
北成长。南京大学中
文系毕业。20世纪80
年代中期开始诗歌创
作。1997年参加《诗
刊》社第十四届"青春
诗会"。出版诗集《起
风了》《睡前书》《个
人简历》《神在我们喜
欢的事物里》等多部。
曾获第三届鲁迅文学
奖、人民文学诗歌奖、
十月文学奖、天问诗
人奖等奖项，获中宣
部"四个一批"人才称
号。

我珍爱过你

像小时候珍爱一颗黑糖球

舔一口马上用糖纸包上

再舔一口

舔得越来越慢

包得越来越快

现在　只剩下我和糖纸了

我必须忍住：忧伤

生活

顾城

我好喜欢你
像小时候你喜欢一颗黑糖球
舔一口
马上用糖纸包上
再舔一口
舔吮越来越慢
包化越来越快
现在 只剩下我和糖纸了
我必须忍住：步伐

1997. 7

沙

沈苇

墨韵青春——「青春诗会」诗人精品手稿选

沈苇（1965~　），浙江
湖州人。曾在新疆生
活、工作三十年。现为
浙江传媒学院教授。
1997年参加《诗刊》社
第十四届"青春诗会"。
著有诗集《沈苇诗选》、
散文集《新疆词典》、
诗学随笔集《正午的
诗神》等二十余部。获
第一届鲁迅文学奖、
华语文学传媒大奖、
十月文学奖、刘丽安
诗歌奖、柔刚诗歌奖、
花地文学榜年度诗歌
金奖等奖项。作品被
译成英、法、俄、西、
日、韩等十余种文字。

数一数沙吧
就像你在恒河做过的那样
数一数大漠的浩瀚
数一数撒哈拉的魂灵
多么纯粹的沙，你是其中一粒
被自己放大，又归于细小、寂静
数一数沙吧
如果不是柽柳的提醒
空间已是时间
时间正在显现红海的地貌
西就是东，北就是南
埃及，就是印度
撒哈拉，就是塔里木
四个方向，汇聚成此刻的一粒沙

你逃离家乡
逃离一滴水的跟随
却被一粒沙占有
数一数沙吧，直到
沙从你眼中夺眶而出
沙在你心里流泻不已……

沙

沙笔

数一数沙吧
就像你在恒河做过的那样
数一数大漠的浩瀚
数一数撒哈拉的魂灵
多么纯粹的沙，你是其中一粒
大被自己放大，又归于细小、寂静
数一数沙吧
如果不是柽柳的提醒
空间已是时间
时间正在显现红海的地貌
西就是东，北就是南
埃及，就是印度
撒哈拉，就是塔里木
四个方向，汇聚成
此刻的一粒沙

你逃离家乡
逃离一滴水的跟随
却被一粒沙占有
数一数沙吧，直到
沙从你眼中夺眶而出
沙在你心里流泻不已……

2013年

河曲马场

阿　信

阿信（1964~　），甘肃临洮人。长期在甘南藏区工作、生活。1997年参加《诗刊》社第十四届"青春诗会"。著有《阿信的诗》《草地诗篇》《那些年，在桑多河边》《惊喜记》等多部诗集。曾获徐志摩诗歌奖（2015）、西部文学奖（2016）、中国"十大好诗"（2017）、昌耀诗歌奖（2018）、《诗刊》2018年度陈子昂诗歌奖等奖项。

仅仅二十年，那些林间的马，河边的马
雨水中，脊背发光的马；与幼驹一起
在逆光中静静啮食时光的马
三五成群，长鬃垂向暮晚和河风的马
远雷一样从天边滚过的马……
一匹也看不见了
有人说，马在这个时代是彻底没有用了
牧人也不愿再去牧养它们
而我在想：人不需要的，也许
神还需要
在天空，在高高的云端
我看见它们在那里，我可以把它们
一匹匹牵出来

河曲马场

阿信

仅仅二十年，那些井间的马，河边的马
雨水中，脊背发光的马；与幼驹一起
在逆光中静静啃食时光的马
三五成群，长鬃垂向黄昏和河风的马
远雷一样从天边滚过的马……
一匹也看不见了
有人说，马在这个时代是彻底没有用了
牧人也不愿再去牧养它们
而我在想：人不需要的，也许
神还需要
在天空，在高高的云端
我看见它们在那里，或可以把它们
一匹匹牵出来

（2016）

到树林去

庞　培

庞培（1962~　），生于江苏苏州，现居江苏江阴。20世纪80年代初开始写作。1985年发表小说处女作，其后发表诗歌，1997年出版第一本书《低语》并参加《诗刊》社第十四届"青春诗会"。有诗集三部、其他著作二十余部问世。诗作曾获1995年首届刘丽安诗歌奖、第六届柔刚诗歌奖、第四届张枣诗歌奖；散文曾获第二届孙犁散文奖。2005年和诗界同仁参与策划年度江南最大的诗歌雅集"三月三诗会"活动，迄今已历十六届，并创办"江南民谣诗歌联盟""大运河民谣诗歌节""江阴民谣诗歌节"，凡数十载。

树林里有人的故事
绿色的人的故事
有一阵风吹走沙土
一团耀眼的爱恋

远远的山脚下
静谧村庄眯缝着眼
千百年的石人石马
湮没坍塌在草丛

当故事经过荒凉墓道
树林哭泣。没有泪滴
夕阳染红天际
如同英雄跃马向前

夜幕在簌簌风中降临
群山铭记辽阔
但田野已经破损
伸展冬夜的悲伤

到树林去

庞培

树林里有人的故事
绿色的人的故事
有一阵风吹走沙土
一团耀眼的爱恋

远远的山脚下
静谧村庄眯缝着眼
千百年的石人石马
湮没坍塌在草丛

当故事经过荒凉墓道
树林哭泣。没有泪滴
夕阳染红天际
如同英雄跃马向前

夜幕在飒飒风中降临
群山轻化远阔
但田野已经破损
伸展冬夜的悲伤

2020
二零二零年腊月廿辟夜手录

树语者简史

臧棣

臧棣（1964~ ），生于
北京。毕业于北京大
学，1997年获得文学
博士学位。1997年参
加《诗刊》社第十四届
"青春诗会"。1999至
2000年任美国加州大
学戴维斯校区访问学
者。现任北京大学中
文系教授。曾获《作家》
杂志2000年度诗歌奖
等奖项。著有诗集《燕
园纪事》《风吹草动》
《新鲜的荆棘》。编选有
《里尔克诗选》《1998
年中国最佳诗歌》《北
大诗选》（与西渡合编）。

和一株安静的樱桃树度过
一个下午，你会觉得
这世界可怕地误解过喜鹊
存在的意义，而且不止一次；
而喜鹊却从未误解过
这世界的能见度。青石冰凉，
坐上去的话，温暖必另有来源；
风轻轻吹着春天的神经，
从丁香到樱桃，颤动的花影
带来了夺目的积极性，
将绚烂纠正为一种用途
是的。真没准半个圣徒
就能令内心独立于时间的效果；
毕竟，你不可能和一只喜鹊
度过一个下午，它们太活泼，
即使有完美的枝条，它们
也不会多待一秒钟；从传话者
到追逐者，有几个瞬间
它们甚至嘲笑你弄丢了
你身上的翅膀；它们的叫喊
听上去像噪音的时候多
像天籁的时候少：除非你

起身拍打尘土时，愿意承认
一个人确实不必羞涩于
他已能用土语，瞒过灵魂出窍
和影子完成一次真实的对话。

树语者简史

臧棣

和一棵安静的樱桃树度过
一个下午，你会觉得
这世界可怕地误解过喜鹊
存在的意义，而且不止一次；
而喜鹊却从未误解过
这世界的能见度。青石冰凉，
坐上去的话，温暖必另有来源；
风轻轻吹着春天的神经，
从丁香到樱桃，颤动的花影
带来了季节的积极性，
将绚烂纠正为一种用途
是的，真没准辜负圣徒
就能全内心独立于时间的数量；
毕竟，你不可能和一只喜鹊

度过一个下午，它们太活泼，
即使有充裕的扶掌，它们
也不会多待一秒钟；从传话者
到造谣者，有无尽瞬间
它们甚至嘲笑你弄丢了
你身上的翅膀；它们的叫喊
听上去像噪音的时候多
像天籁的时候少；除非你、
起身拍打尘土时，愿意承认
一个人确实不必着迷於
他已能用土语，瞒过灵魂出窍
和影子完成一次真实的对话。

2020年4月9日

我后悔让这块石头开花

卢卫平

卢卫平(1965~)，生于湖北红安，现居珠海。1999年参加《诗刊》社第十五届"青春诗会"。先后出版《异乡的老鼠》《各就各位》《打开天空的钥匙》《一万或万一》《我后悔让这块石头开花》等诗集。获第三届华文青年诗人奖、《诗刊》年度诗人奖、首届中国《星星》年度诗歌奖、第九届广东省鲁迅文学艺术奖、首届《草堂》诗歌奖年度实力诗人奖等诗歌奖项。诗作入选《中国新诗总系》等两百多种诗歌选本。有诗作翻译成英语、葡萄牙语、瑞典语、俄语、日语等多种文字发表。

我敲开这块石头
我将一块大石头
变成许多小石头
叫作石头开花
石头开花
就是石头开口说话
可当我看见一个个
跟着大风的脚步
奔跑的小石头
在风停下来后
也沉默不语
我就后悔让这块石头开花
我能忍受一块大石头
长久的沉默
但弱小者的沉默
总让我感到惶然不安

我后悔让这块石头开花

卢卫平

我敲开这块石头
我将一块大石头
变成许多小石头
叫作石头开花
石头开花
就是石头开口说话
可当我看见一个个
跟着大风的脚步
奔跑的小石头

在风停下来后
也沉默不语
我就后悔让这块石头开花
我能忍受一块大石头
长久的沉默
但弱小者的沉默
总让我感到惶恐不安

二0一九年五月六日

墨韵青春——「青春诗会」诗人精品手稿选

谯达摩（1966~ ），生于贵州沿河，现居北京。先后就读于复旦大学、首都师范大学、北京大学。教育学硕士。中国当代著名诗人。1999年参加《诗刊》社第十五届"青春诗会"。"第三条道路写作"诗派创始人，"北京诗派"创始人。主编《词语的盛宴——20世纪六七十年代出生诗人作品精选》(与谭五昌合作)、《后现代之光》(与伊沙合作) 等十余部诗歌专著。著有诗集《橄榄石》《摩崖石刻》。

穿睡衣的高原

谯达摩

此刻睡衣醒着，而高原沉睡。
唯有漫山遍野的羔羊
从云的乳房汲取奶水。

此刻溶洞潮湿。没有语言，只是麻酥酥的震颤。
幽谷的泉水冲洗了她。
她蹲坐在光滑的鹅卵石上，开着喇叭花和秋菊。

此刻睡衣醒着。一种收割灵魂的吟唱。
这是赶着马车的细雨，行游在树梢，
去天堂度假。

溶洞再次潮湿。露出她的雀巢。
透过枝叶婆娑的林荫小径，从花瓣守卫的
花盘，她羞涩地吐蕊。

此刻睡衣醒着，收藏蝴蝶和钻石。
这是依山傍水的宫殿
点一盏煤油灯可以龙飞凤舞，两盏灯可以
升天。

此刻溶洞潮湿。此刻她如鱼得水
她的睡衣突然被风拿走。迷醉的山峦扑面而来。
漫山遍野的羔羊，啃着青草的乳房。

此刻睡衣再次回来，她抚摩着她的土地。
她的幽谷中，大片的红罂粟遍地生辉。再也无处藏身。
一匹瀑布，卷帘而上。

那些娃娃鱼的倒影开始疯狂。

穿睡衣的高原

谯达摩

此刻睡衣醒着，而高原沉睡。
唯有漫山遍野的羔羊
从云的乳房汲取奶水。

此刻溶洞潮湿。没有流言，只是麻酥酥的震颤。
峡谷的泉水冲洗了地。
她蹲坐在光滑的鹅卵石上，开着喇叭花和秋菊。

此刻睡衣醒着。一种灵魂的吟唱，
还是趁着马蹄的细雨，浮游花树梢，
青天里度假。

溶洞再次潮湿。露出她的睫毛。
远去了树叶墨绿的秋萌小径，让花瓣守卫着

花蕊，她着迷地吐蕊。

此刻睡衣醒着，收藏蝴蝶和钻石。
这是依山傍水的宫殿
点一盏煤油灯可以在天上飞舞，两盏灯可以升天。

此刻溶洞潮湿。此刻她如鱼得水
她的睡衣突然被风拿走。迷醉的山峦扑面而来。
漫山遍野的羔羊，啃着青草的乳房。

此刻睡衣再次回来，她抚摩着她的土地。
她的幽谷中，大片的红罂粟迅速坐蜡。再也无处藏身。
一匹瀑布，光帘而上。

那些妓女鱼的倒影开始疯狂。

1997年6月5日，写于北京

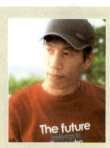

莫非（1960~ ），生于北京。诗人、摄影家、博物学者。1999年参加《诗刊》社第十五届"青春诗会"。出版《词与物》《莫非诗选》《我想你在》《小工具箱》《风吹草木动》《一叶一洞天》《芄兰的时候》《逸生的胡同》等诗集和博物学著作。自1988年以来，作品被译成英语、法语、德语、意大利语、西班牙语、阿拉伯语、罗马尼亚语、克罗地亚语等多种语言，在海外发表、出版。曾多次参加国际诗歌艺术交流活动。

雪

莫　非

落在宣纸上狼毫扫了个干干净净的
伏尔加河结巴之后顺利结冰的
丢下了贝加尔湖那么大的
树枝已经松开的
白透着红不知何物为何物的

马车一路碾过去方才看清楚
砚台上一览众山字更小的
树叶卷起来才是树叶的
篝火熄灭而群峰继续燃烧
集装箱和小木屋同样住不下的

被预言救起来命不该如此的
两个窗户堵在一起交待的
和稀泥的
抓不着把手捆在山毛榉树上的
猜不到结冰猜不着开花的

雪

落在宣纸上 狼毫 扫了又扫于海海
伏字加河结巴 云和川顺刻去冰水的
丢了又以加 字调和以大的
树枝乙桂 秒分不的
白透着红 不知何杨的何好的
写寺一路 砚展直上方 擤清楚
砚台上一览众山字夏水的
树叶卷起来 提 扔扔的
雪人 总之 却群峰健 依然 炼
集装箱和小米 星 同时存下的
被预言却 杨此来 都不透 如此上的
两个岛屿 携 掌事 在一起 之 绵绵的
和 稀 泥的
抓不着 抱不拥 在山石 蹲 撑拥上的
塌不垮 灾小结冰水 却寺不 嗣开 花的

二〇二〇年 7月 12日 水

　　（签名）

二〇二〇年 7月 19日

刘川（1975~ ），辽宁阜新人，现居沈阳。1999年参加《诗刊》社第十五届"青春诗会"。出版诗集五部。曾获得徐志摩诗歌奖、人民文学诗歌奖、辽宁文学奖、中国当代诗歌奖、新世纪中国诗歌十大名作奖等奖项。

指给我

刘 川

大雪地里
不烤你的篝火
请把砍柴的山路指给我

请把浓密的丛林指给我
请把太阳爬过的那根树梢指给我
请把树梢上的那个鸟巢指给我

远远地我走了
哪怕冻死在路上，明年的春草
也会最先从我的脚印里长起

指给我

无 川

大雪地里
不烤你的篝火
请把砍柴的山路指给我

请把浓密的丛林指给我
请把太阳晒干的那根树梢指给我
请把树梢上的那个鸟巢指给我

远远地我走了
那怕冻死在路上，明年的春草
也会最先从我的脚印里长起

单独者

树　才

墨韵青春——『青春诗会』诗人精品手稿选

树才（1965~　），原名
陈树才，生于浙江奉
化。诗人、翻译家。文
学博士。1999年参加
《诗刊》社第十五届"青
春诗会"。已出版《单
独者》《树才诗选》《节
奏练习》《灵魂的两面》
《心动》《给孩子的12
堂诗歌课》《春天没有
方向》《去来》等诗集，
译著有《勒韦尔迪诗
选》《夏尔诗选》《博纳
富瓦诗选》《法国九人
诗选》《杜弗的动与静》
《小王子》《雅姆诗选》
《长长的锚链》等。曾
获首届徐志摩诗歌奖、
十月诗歌奖、陈子昂
诗歌奖翻译家奖等奖
项。2008年获法国政
府"教育骑士"勋章。

这是正午！心灵确认了。
太阳直射进我的心灵。
没有一棵树投下阴影。

我的体内，冥想的烟散尽，
只剩下蓝，佛教的蓝，统一……
把尘世当作天庭照耀。

我在大地的一隅走着，
但比太阳走得要慢，
我总是遇到风……

我走着，我的心灵就产生风，
我的衣襟就产生飘动。
鸟落进树丛。石头不再拒绝。

因为什么，我成了单独者？

在阳光的温暖中，太阳敞亮着，
像暮年的老人在无言中叙说……
倾听者少。听到者更少。

石头毕竟不是鸟。

谁能真正生活得快乐而简单？

不是地上的石头，不是天上的太阳……

单独者

这是正午！心灵确认了。
太阳直射进我的心灵。
没有一棵树投下阴影。

我的体内，冥想的烟散尽，
只剩下蓝，佛教的蓝，统一……
把尘世当作天庭照耀。

我让大地的一隅走荆，
但比太阳走得更慢，
我总是遇到风……

我走着，我的心灵就产生风，
我的衣襟就产生飘动。
鸟落也树丛。石头不再拒绝。

因为什么，我成了单独者？

在阳光的温暖中，太阳散亮着，
像善于讲故事的老人在无言中叙说……
倾听者少。听到者更少。

石头毕竟不是身，
谁能在其中生活得快乐而简单？
不是地上的石头，不是天上的太阳……

　　　　　　　1994. 达喀尔

　　　　　　　2020年7月10日
　　　　　　　抄录于云南大理

村 庄

小 海

墨韵青春——「青春诗会」诗人精品手稿选

小海（1965~），本名
涂海燕。江苏海安人。
《他们》文学社创始人
及重要成员。1999年
参加《诗刊》社第十五
届"青春诗会"。著有
诗集《必须弯腰拔草
到午后》《大秦帝国》
（诗剧）、《影子之歌》（长
诗）等八部。诗集《影
子之歌》《小海诗选》
分别被译成中英、中
西对照本在美国、西
班牙出版。著有对话
集《陌生的朋友：依
兰－斯塔文斯与小海
的对话》，随笔集《旧
梦录》《诗余录》，论
文集《小海诗学论稿》
等。曾获江苏省第二、
四、五届紫金山文学奖、
江苏文学评论奖一等
奖、2000年度《作家》
杂志诗歌奖和2020年
《作家》杂志"金短篇"
小说奖等奖项。

那人中第一的村庄沐着阳光
皂角树，在咸涩的低地生长
仿佛从我的胸口裂开
北凌河，还能将我带去多远
从溺死孩子的新坟上……皂角树

你向天空长，就像大地对苦难的逃避
你在深冬的风中喧哗，狭小而寒冷
你像那折断的成百只小小手臂
抓住无形的黑暗
摇动虚妄
就像一到时辰就开花的杏树
吐着苦水和梦想
又挤在春天盲目的大路上

村　庄

小海

那人中第一个村庄沐着阳光
皂角树，在盛满水的低地生长
仿佛从我的胸口裂开
此凌河，还能将我带去多远
从溺死孩子的新坟上……皂角树

你向天空生长，就像大地时苦吟的迷狂
你在清冬的风中喧哗，矮小而寒冷
你像那折折的戒百只十十手臂
抓住无形的黑暗
摇动虚空
就像一到时辰就开花的杏树
吐着苦水和梦想
又摇在春天盲目的大路上

成吉思汗的燕子

侯　马

侯马（1967~ ），生于
山西曲沃，现居青城。
1999年参加《诗刊》社
第十五届"青春诗会"。
1989年开始现代诗写
作。出版个人诗集《哀
歌·金别针》《顺便吻
一下》《精神病院的花
园》《他手记》《他手
记》(增编版)、《大地的
脚踝》《侯马诗选》、
《夜班》、《侯马的诗》
等。曾获《十月》新锐
人物奖、中国年度先
锋诗歌奖、《人民文学》
《南方文坛》年度青年
作家、首届天问诗人
奖、《新诗典》第四届
年度大奖李白诗歌奖
金奖、第六届长安诗
歌节现代诗成就大奖、
《北京文学》奖、《诗参
考》30周年终身成就
奖等奖项。

在成吉思汗庙的大门横梁上
有许多燕子的泥巢
为此我特意去了内蒙古宾馆
因为它的大堂里有一块木牌
上面介绍了成吉思汗的来源
是因为天上飞来一只彩鸟
它的鸣叫声就是成吉思
成吉思
我看到泥巢有燕子进出
但更多的泥巢住了麻雀
我喜欢与穷亲戚来往的鸟儿
说不定这就是成吉思的含义

成吉思汗的燕子

侯马

在成吉思汗庙的大门横梁上
有许多燕子的泥巢
为此我特意去了内蒙古宾馆
因为它的大堂里有一块木牌
上面介绍了成吉思汗的来源
是因为天上飞来一只彩鸟
它的鸣叫声就是成吉思
成吉思
我看到泥巢有燕子进出
但更多的泥巢住了麻雀
我喜欢与穷亲戚来往的鸟儿
说不定这就是成吉思的含义

创作于2019.8.21.
刊于《诗刊》2020年第2期
录于2020.7.2
呼和浩特

墨韵青春——「青春诗会」诗人精品手稿选

姚辉（1965~），生于贵州仁怀。中国作家协会会员。1999年参加《诗刊》社第十五届"青春诗会"。出版诗集《苍茫的诺言》《我与哪个时代靠得更近》散文诗集《对时间有所警觉》，小说集《走过无边的雨》等十余种。作品曾被译成多国文字。

汨罗河上的黄昏

姚　辉

太阳照在河流的脸孔上
要怎样的流水　才能汹涌出
那曾被淹没过的诗句？

仿佛仍有行吟者漫步泽畔
瞭望　鱼鳞上的水声
仿佛仍有刺骨的秋天
卷向卷帙间浩渺的忧郁

那瘦削的人宛如世纪深处的刀子
啊　刀子——宛如河流中
锋芒理当拥有或失去的最后流域

而太阳正好照在河流的脸孔上
像一种呐喊　河流皱纹遍布
——像一次追忆

或许风尘的慰缅已被重复过了
但我依然走着　在风尘中
我　熟悉了歌唱的种种延续

让河面的阳光也划伤我的沉默

流水黝黑　让河边的秋草
举起高远的独语——

如果土粒中的手势缓缓上升
又是谁　在最初的宁静里
堆砌出梦境与另外的沙粒？

而黄昏深了　风的骸骨藏不住怀念
河流的脸孔上
绯红的光阴　荡来荡去……

汨罗河的黄昏

姚辉

太阳照在河流的脸孔上
要怎样的河水　挑拨湧出
那曾被淹没过的诗句?

仿佛仍有行吟者漫步泽畔
了望　鱼鳞上的水声
仿佛仍有刺骨的秋天
卷向卷快询诘游的忧郁

那戮割的人宛如世纪深过的刀子
呵刀子——宛如河流中
拼老理与拥有并失去的最后流域

而太阳正好照在河流的脸孔上
像一种呐喊　河流彼此遍布
——像一次追忆

或许风老的韶编已被重复过了
但我尚犹走着　在风老中
好熟悉了歌唱的种种延续

让河面的阳光也剥伤我的沉默
流水黝黑　让河边的牧草
举起高远的独语——

如果　土框中的手臂缓缓上升
又是谁　在最初的宁静里
堆砌出梦境与号外的边框？

而黄昏浮了　风的脊骨藏不住收合
河流的脸孔上
绯红的光阴　徐来离去……

原载《诗刊》1999年第八期
二〇二〇年庚子岁夏日抄

即使我是一块冰

高　昌

墨韵青春——「青春诗会」诗人精品手稿选

高昌（1967~ ），又名高新昌，生于河北辛集。中国作家协会会员。1999年参加《诗刊》社第十五届"青春诗会"，曾以旧体诗入选《中华诗词》杂志青春诗会。主要著作有《两只鸟》《高昌八行新律》《高昌诗词选》《变成一朵鲜花》《公木传》《玩转律诗》《玩转词牌》《百年中国的感情气候》《儒林漫笔》等。

即使我是一块冰
也在把阳光苦等

纵然阳光像一群小虫
吞噬我的宁静和晶莹
纵然阳光散成片片疼痛
布满我脆弱的神经
能和叶儿一起回味开花的快感
能和花儿一起体验青春的热情
我的心将因快乐
　　而默默消融

在这动人的风中
我无法再维持我的冷漠的天性

即使我是一块冰

我也和大家一起放开喉咙
太阳你好
你好　战栗着的歌声
温柔而坚定

即使我是一块冰

高昌

即使我是一块冰
也在把阳光苦等

纵然阳光像一群小虫
吞噬我的宁静和晶莹
纵然阳光散成片片疼痛
布满我脆弱的神经
能和叶儿一起回味开花的快感
能和花儿一起体验青春的热情
我的心将因快乐
　　　　　而默默消融

在这动人的风中
我无法再维持我的冷漠的天性

即使我是一块冰

我也和大家一起放开喉咙
太阳你好
你好　颤栗着的歌声
温柔而坚定

原载《诗刊》1999年
第8期，第49页

墨韵青春——『青春诗会』诗人精品手稿选

老刀（1964~ ），湖南株洲人，现居广州。2000年参加《诗刊》社第十六届"青春诗会"。获首届徐志摩诗歌奖、首届《北京文学》奖诗歌二等奖、《诗潮》2014最受读者欢迎新诗奖等。其诗集《打滑的泥土》获广东省第十四届新人新作奖，报告文学集《力缚狂魔》获第三届金盾图书奖。

关于父亲万伟明

老　刀

一

万里涛摸了摸右腹

说父亲经常这里痛

我心一沉

突然领悟到母亲

捎信叫我回家看看的意思

一直没能回去

那只剩下一棵枣树的山冲

离广州不只是八个小时火车

再加一段需要摸黑行走的山路

二

万里涛将湖南的酒带过来

说父亲已经不再喝了

我记得父亲有起床喝一杯酒的习惯

干一会儿活，进来喝一小杯

饭前一小杯

不像我们就着菜敞开嗓子喧哗

父亲喝酒很快，赤着脚，

裤管也不放下，站在酒坛子前

连脖子都不用仰起就喝好了

父亲说下田前喝一小杯酒

再咬骨头的水都不冷

三

二十三年前的大年三十

父亲拔掉一颗牙，病了十多年

我在他去医院留下来的那条山路上

将谷子挑到山的那边去

碾了米再从万福冲带回来

十三岁的眼睛，望着不敢哭出来的夜

在茶树林中的山路上歇息

父亲六十多岁了

他掉这两颗牙齿已经不痛了

一颗感到有些动摇

手伸进嘴里一提

牙就在指上了

还有一颗

吃饭前还在

吃完饭就不见了

四

今天我才明白三十五年来

我为什么一直害怕青蛙

浮在坝子里，坐在口子旁

跪在田埂上

瘦，瘪着大嘴不爱说话

五

万里涛回湖南去了

不知道医生检查出了什么

我呆呆地望着，榕树就走动起来

穿一双只能当拖鞋的解放鞋

一步一步发出节奏单一的啪啪声

父亲穿过他一直看不起的

摆在稻田旁的两桌麻将

径直来到他的菜地

放下嘴部闪着白光的锄头

一个黑点

在辣椒中浮动

把山沟里的孤独连成一片

难得一次探亲假

我不主动过去

父亲已不像我儿时那样

非得叫我蹲在旁边

父亲的肩膀上

散落着一层白白的头屑

我伸出手，拍落的不仅有禾毛子

还有广州的疼痛

关于父亲万伟明

（一）
万里涛摸了摸右腹
说父亲经常这里痛 我心一沉
突然今领悟到他来捎信叫我回家爸爸的意思
一直没能回去
那些枣儿一棵枣树的山中
离广州不止是八小时火车
再加一段需要摸黑行走的路

（二）
万里涛将闽南的酒带去来
说父亲已经不再喝了
我记得父亲直来有喝一杯的习惯
干完活进来喝一杯,饭前一小杯
不像我们就着菜敬来喝嘻嘻哈哈
父亲喝酒很慢,举着那酒盅都不放下
站在酒坛子前
不用仰起脖子就可以喝好了
他说下地前喝一小杯酒
再咬骨头渣水都不怕冷

（三）

二十三年尚如大年三十
父亲被绑一身伤病了七十年
我在他生医院留下来山路上
一筐谷子挑到山的那边去
磨了米再从石缝冲挑回来
十三岁的眼睛望着不愿笑出来的夜
在茶树林中歇息
父亲老了撑过二十岁起两鬓苍
他已经恩觉不到痛了
一阵风感到有些动摇
手指伸进嘴里一提
牙就掉在手上了
还有一句还没说就说不见了

（四）

今天我才明白三十多年来
我梦中心一直念着青蛙
这多在夜里坐在窗口发亮
照在田坎上
一阵阵疼痛大嘴不说话

西

万里春回一顾万春去了
不知道医生检查出了什么
我呆呆地望着 木春树 就活动起来
寒一阵热 急步地奔向 解放军
一号一号发出某声音 一片怕呀的声
父亲看他一直看不去的
北置在绸白色的桌布床里
经道来到他的桌地
放下嘴却闪着台支心的动势
一个黑点
在半球树荫中浮动
把山沟里的孤动也迅成一地
剥得一次好像喜欢啊
我不去动走去
父亲记不像像我小时那样辛
那样是叫我的声在他的耳边
父亲的前额上
散落着层层的小颗屑
它我伸出手指着不仅有朱毛子
还有他的疼痛

二〇〇年第十一届青海湖诗会诗选
二〇二〇年五月抄录 老刀

结 束

芷泠

墨韵青春——『青春诗会』诗人精品手稿选

芷泠（1975~ ），女，
又名止聆。现居深圳。
诗人，哲学博士。2000
年参加《诗刊》社第十
六届"青春诗会"。曾
出版诗集《芷泠诗选》。
诗歌散见于《诗刊》《诗
歌月刊》《诗选刊》等，
入选多种最佳诗歌选
本。

我从我的诗歌中退出，让它
在它的记忆中自由行走

我对大地的幻想已结束
像我的过去，随时被未来终止

凡我站过的地方都变成远方
凡我爱过的人都背对大海

当我移开脚步
世界占去了我原来的位子

拿去吧，我的幼年、亲吻、歌声……
拿去吧，我的最后一口空气和水

别问我能带走什么
别问我带走的属于谁

我是一小部分一小部分地离去
先是阴影、骄傲，然后是船和梦境

最后是我的上唇和下唇

它们仍坚守着相爱的方式：缄默

凡我说过的话都已经变成了我的身体
或者狮子，或者森林

凡忘记我的事物都急于进入我
于是，我喝黑夜，我喝自己的呼吸

我喝下一整条河流
我继续喝而大海继续干枯

我喝下了时间，它没有路标
它没有出生和死亡，它仍然没有想起我

身后的世界突然为我开门
或者门一直会为我打开。我没有返回

结 束

芷泠

我从我的诗歌中退出，让它
在它的记忆中自由行走

我对大地的幻想已结束
像我的过去，随时被未来终止

凡我站过的地方都变成远方
凡我爱过的人都背对大海

当我移开脚步
世界占去了我原来的位子

拿去吧，我的幼年，亲吻，歌声……
拿去吧，我的最后一口空气和水

别问我能带走什么
别问我带走的属于谁

我是一小部分一小部分地离去
先是阴影，骄傲，然后是船和梦境

最后是我的上唇和下唇
它们仍坚守着相爱的方式：缄默

凡我说过的话都已信变成了我的身体
或者狮子，或者森林

凡忘记我的事物都急于进入我
于是，我喝黑夜，我喝自己的呼吸

我喝下一整条河流
我继续喝而大海继续干枯

我喝下了时间，它没有路标。
它没有出生和死亡，它仍然没有想起我

身后的世界突然为我开门
或者门一直会为我打开。我没有返回

2003. 7. 7

墨韵青春——「青春诗会」诗人精品手稿选

姜念光（1965~ ），山东金乡人，现居北京。中国作家协会会员。2000年参加《诗刊》社第十六届"青春诗会"。作品见于各种文学报刊，入选多种选本。著有诗集《白马》《我们的暴雨星辰》，另有散文随笔、评论及学术文章若干。曾获第十一届闻一多诗歌奖、第七届鲁迅文学奖提名、第二届丰子恺散文奖等奖项。

首都诗行

姜念光

从周一到周六，他的作品无法完成。
宛如一只大鸟盘旋，迟迟不肯落下。
一个人把皇帝的名册读到了现代，
又掩卷倾听着喧嚣的荷马。

总共有八千里空想，三十岁功名，
由于敬畏，由于缺乏滚石的力量，
他才用一对乌云在半空久久悬挂。

"但若没有抵达，还为什么飞行；
若没有海伦，为什么还要特洛伊？"
所以他终究要接触大地，
在尘土的位置上迎候民众。

他趁机把渲染的事物落到广场上。
"让诗歌押上时代的韵脚吧！"
像一位终于现身的英雄，他叫喊着，
来回走动，迫使喷泉涌出地面。

首都诗行

从周一到周六，他的作品无法完成
宛如一只大写盘旋，这还不肯落下。
一个人把皇帝的名册读到了现代
又掩卷倾听着喧嚣的荷号。

总共有八千里空想，三十字功名，
由于敬畏，由于缺乏滚石的力量，
他才用一对写云在半空久久悬挂。

"但若没有抵达，还为什么飞行；
若没有海伦，为什么还要特洛王。"
所以他终究要接触大地，
在尘土的位置上迎候民众。

他趁机把渲染的事物落到了墙上。
"让诗歌押上时代的韵脚吧！"
像一位终于现身的英雄，他叫喊着，
来回走动，迫使喷泉涌出地面。

此诗为参加六届青春诗会作品。特在2000年7月.陈。

夏念光抄于2020年4月23日.

安琪（1969～　），女，本名黄江嫔，生于福建漳州，现居北京。中国作家协会会员。2019年参加《诗刊》社第十届"青春回眸"诗会，2000年参加《诗刊》社第十六届"青春诗会"。独立或合作主编《中间代诗全集》《北漂诗篇》《卧夫诗选》。出版诗集《极地之境》《美学诊所》《万物奔腾》及随笔集《女性主义者笔记》《人间书话》等。曾获《诗刊》社"新世纪十佳青年女诗人"、柔刚诗歌奖、《北京文学》重点优秀作品奖、《诗刊》社中国诗歌网"年度十佳诗人"、《文学港》储吉旺文学奖等奖项。

福　建

安　琪

年轻时我想脱去的故乡

我极力想脱去的故乡，如今还在我身上

并已咬住了我的骨血

我和它曾有的紧张关系

我和它的恩怨，都已被

时间葬送。我悲喜交加

写下：

没有更好的故乡生下我

没有更好的故乡哺育我

也许有

但我已命定属于你

我的第一声啼哭属于你

我的第一次欢笑属于你

我踩出的第一个脚印、写出的第一个汉字

属于你

我爱上的第一个人

我爱上的最后一个人，都属于你

福建

安琪

年轻时我想脱去的故乡
我极力想脱去的故乡，如今还在我身上
年已咬住了我的骨血
我和它曾有的紧张关系
我和它的恩怨，都已被
时间葬送。我悲喜交加
写下：
没有更好的故乡生下我
没有更好的故乡哺育我
也许有
但我已命定属于你
我的第一声啼哭属于你
我的第一次次足属于你
我踩出的第一个脚印，写出的第一个汉字
属于你
我爱上的第一个人
我爱上的最后一个人，都属于你。

2018-10-7，写
2020-4-29，抄 于北京不见居

虚拟的箫声

姜 桦

姜桦（1964~ ），笔名
阿索，江苏响水人，现
居江苏盐城。诗人、
散文家。2001 年参加
《诗刊》社第十七届
"青春诗会"。著有诗
集、散文集多种。曾
获得江苏紫金山文学
奖等奖项。

我的手已堵不住这箫孔
逐步松动的牙齿已关不住秋风
一行大雁在早晨飞起，又在
黄昏沉落……渐渐地隐没：
在夜晚，这一场紧迫的风中

虚拟的箫声总不会那么直接
比如我年近四十的青春已不明显
一场霜过后就真正进入了秋天
我从此所做的一切，都将
被称作——挽留

像芦苇摇晃那最后的几片叶子
像风匆忙地扯住风
黎明的天空，那不断闪耀的星辰
这笛孔，这静静流动的箫声

可我怎么能分辨出这场秋霜
怎么能留住这场薄雪的爱情
在一块干净的石碑上，写下：
"秋风在一阵呼唤中怆然消逝，
十一月，我年近四十，人到中年……"

虚拟的箫声

高梅

我的手已堵不住这箫孔
任更多秋风涌动如牙齿咬着不住秋风
一行大雁在天空心起 又在黄昏沉落
渐渐隐没 这场坚迫的风中

虚拟的箫声差不多那么直接
比方秋身近的十月青春已不明显
一场霜过后 彻底地进入了秋天
从此所做的一切 都将令你换回

像岁末接晃那最后几片叶子
你风匆忙地扯住顶

黎明的天空 那不动闪耀的星辰
这箫孔 这静底动的箫声

可我怎么能分享这场秋霜
怎么能抵住这场薄雪的蓄情
在一场平净如石碑的写下
秋风在你的呼唤声中怆然消逝
十一月·我年近的十·人到中年……

原载《诗刊》2001年12期
17届"青春诗会"专号

写给羊

南歌子

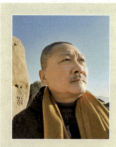

南歌子（1965~　），本名刘鹏，现用名上官南华。山东日照五莲人。2001年以"南歌子"之笔名参加《诗刊》社第十七届"青春诗会"。长诗《青藏诗章》以白垩之笔名获2007年度人民文学奖，长诗《入海口》获2013年度黄河口（中国）金秋诗会一等奖。与燎原策划主编《二十一世纪十年中国独立诗人诗选》，兼及小说、音乐、书法、水墨山水画创作。

昼去夜来，昼去夜又来
日子竹一样一节白一节黑地生长
在黎明，在黄昏打结
竹筒里有那么多空洞
能敲出深夜的更声

而阳光的竹丝细密

夕阳似乎总要找到一座山才落下去
它喜欢深度
而大漠的夕阳更像一个隐士
一只埙的孔

风吹得厉害
打在脸上的沙子
那迷茫中的一粒
风吹得厉害

夕阳落下又落下
我和你每天交换一次信物

银子只能大响在海里

阳光劈开很多事物
也劈开嘴唇

爱情，一把用心
作鞘的剑

天空接近地面的部分
已像树叶一样碎

少
阳
收
手
卷
高
挂
到
一
零
四
寸
庚
下
午

之
春
以
深
度
而
大
漠
的
少
阳
文
像
一
个
隐
士
一
只
填
的
元

能
装
下
苦
涩
夜
的
哭
声
而
阳
老
初
竹
然
的
初
多

在
黎
明
在
黄
昏
夜
经
竹
筒
里
那
么
多
生
活
的
空
间

民
主
夜
来
尽
青
夜
又
来
日
于
竹
一
样
的
一
节
里
一
节
地
生
长

于贻军

夕阳落下又落下

诸和临　每天关怀一次信物

印光贤于好多事物

之些于喜悦

天于临近比西的部分

心象时叶一样碑

○○文岳于气浮金诗　言时亮爱羊敬于

庚子七月十六日上云面华

搀着母亲下地铁

李志强

李志强（1967~ ），笔名李木马，生于河北丰南。中国作家协会会员，中国书法家协会会员。2001年参加《诗刊》社第十七届"青春诗会"，鲁迅文学院第七届中青年作家高级研讨班学员。在《诗刊》《人民文学》《中国书法》《光明日报》等报刊发表诗文作品两千余篇，出版诗文集《铿锵青藏》《碎银集》《掌心的工地》等十五部。作品入围全国第五届鲁迅文学奖，获郭沫若诗歌奖和第七届、第八届全国铁路文学奖一等奖等奖项。

母亲的脚步很慢
像是怕把道路踩疼
母亲的身体很轻
我像是扶着一捆松脆的干柴
既不能用力
又不敢放松
一个被动而虚无的身体
跟着自己的孩子踽踽前行
现在，这个要强的老太太
甚至有些执拗的老太太
对世界只剩下了顺从
只有偶尔的磕绊
尚能感知一点残存之力
让我一喜又一惊

在沁凉的地铁通道
母亲的脚步越轻
我越是身上冒汗心里沉重
像是怕撒开一阵风
——就再也看不到踪影

搀着母亲下地铁

李木马

母亲的脚步很慢
像是怕把道路踩疼
母亲的身体很轻
我像是扶着一捆松脆的干柴
既不能用力
又不敢放松

一个被动而虚无的身体
跟着自己的孩子踽踽前行
现在这个要强的老太太
甚至有些执拗的老太太
将世界只剩下了顺从
只有偶尔的磕绊
尚能感知一些残存之力
让我一喜又一惊

在沁凉的地铁通道
母亲的脚步越轻
我越是身上冒汗心里沉重
像是怕撒开一阵风
——就再也寻不到踪影

墨韵青春

《诗刊》社 / 编

『青春诗会』诗人精品手稿选　下卷

时代出版传媒股份有限公司
安徽文艺出版社

图书在版编目（ＣＩＰ）数据

墨韵青春："青春诗会"诗人精品手稿选：全二册/
《诗刊》社编. —合肥：安徽文艺出版社,2022.8
　ISBN 978-7-5396-6707-2

　Ⅰ.①墨… Ⅱ.①诗… Ⅲ.①诗集－中国－当代
Ⅳ.①I227

中国版本图书馆CIP数据核字(2022)第033248号

MOYUN QINGCHUN:"QINGCHUN SHIHUI"SHIREN
JINGPIN SHOUGAO XUAN

出 版 人：姚　巍　　　　　　　执行主编：王晓笛
责任编辑：宋潇婧　　　　　　　封面设计：鸿儒文轩

··

出版发行：安徽文艺出版社　www.awpub.com
地　　　址：合肥市翡翠路1118号　邮政编码：230071
营 销 部：(0551)63533889
印　　制：三河市华东印刷有限公司　(010)61594404

··

开本：880×1230　1/32　印张：16.75　字数：350千字
版次：2022年8月第1版
印次：2022年8月第1次印刷
定价：158.00元(上、下卷)

··

目录

·上 卷·

墨韵青春——「青春诗会」诗人精品手稿选

·下　卷·

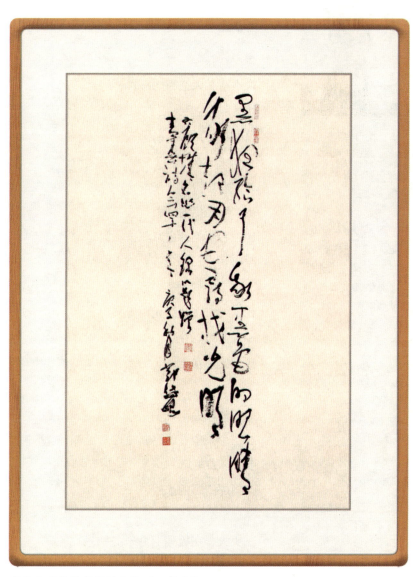

书法家邓代昆书顾城名作《一代人》

从微光中醒来

黄崇森

墨韵青春——「青春诗会」诗人精品手稿选

黄崇森 (1969~)，浙江苍南人。2001年参加《诗刊》社第十七届"青春诗会"。1999年出版诗集《头顶大海的少年》。2006年出版游记集《走读乐清》，2015年出版诗集《水族馆》。与友人组织读书会，并管理苍南文化地标单位"雁过藻溪文化客厅"。

说不清是天空吸纳
还是晨光收割
黑夜在暗蓝的水面倒伏

一把刀熔铸了一夜
从水中提出的一瞬
还带着烈焰的血红和孩子们的
呼叫

死亡的大海从微光中醒来
说不清天空在飞
还是大地在飞

英勇的鸟群
从一个眺望者的胸腔冲出
要在冰冷底部
访问那斑斓的水族

一头大兽在梳理羽毛
一个通天的巨人在喘息
大海蠕动着

要在自己选定的时刻
劈开黄金和稗草的广场

一片空茫

阳光光中望麦

汽车绕过无穷收功
远是装光收窗
黑夜走啃莹杂西街很

一把刀挎铸之一致
汽车中提土红一瞭
走带着写媚白金红不孩子们
字吧

孔边似大海汽派光布锌哀
像车旁飞空左起
远是大地走飞

关身公子群

院二面脆生老白骷髅向生

寄生冰冷底部

沾满斑驳的锈蚀

一派大欲击挫理羽毛

二面画它们它人主啼息

古海横劲著

雪在句之遥宣的时刻

努力用黄金私释萎的疼痛

一片雪花

昔有化为二十馀年一梦
此身飘生活警孤三又
普庚作时维辛仲夏阴
子建瑞东政黄紫泉书

墨韵青春——「青春诗会」诗人精品手稿选

与一朵白莲的距离

金肽频

金肽频（1966~ ），安徽安庆人。中国作家协会会员。2001年参加《诗刊》社第十七届"青春诗会"。先后在《诗刊》《人民文学》等全国报刊发表诗歌四百余首。十多次入选年度最佳选本。出版诗集五部：《圣莲》《花瓣上的触觉》《金肽频诗选》《鲸脊与刀锋》《夜修辞》。主编《海子纪念文集》（四卷本），《安庆新文化百年》（七卷本）等二十余部。诗歌《与一朵白莲的距离》入选《大学语文》课本（合肥工业大学出版社，2010年修订版）。

与那朵白莲的距离
是用身体无法丈量的
春天太小　却有着神经一般
复杂的道路　只有脆弱者
才可以享受夜的痕迹

在琴声中慢慢睡下来的莲
它的脸很白　犹如风中漂过的宝石
在一堆水上　拥抱在一起
脸与脸拥抱在一起
成为绝处逢生的花朵

安谧超过了想象
花朵因为爱　长出了长发
天堂里唯一的梯子折断
关于冬天的回忆已无法解释
一句话暗含了女人的杀机

善良的莲　不是一滴水可以玷污的
黯然的水面上　太多的美
已死于美
道路久久无语

是谁的身影点燃了花朵的面容

一生拒绝我的火
突然间找回了感觉
琴声是风　宝石是刀
围绕着那棵白莲在歌唱
我与她的距离
只有身影才可以抵达

与一朵白莲的距离

金朱影

与那朵白莲的距离
是用身体无法丈量的
昼夜大小　却有着神经一般
多条的通路　三有脆弱者
才可以享受夜的痕迹

在琴声中慢慢睡下来的莲
它的脸很白　犹如风中漂远的宝石
在一排水上　拥抱在一起
脸与脸拥抱在一起
成为绝处逢生的花朵

在谎言越过了想象
花朵同为爱　长出了长发
天堂里唯一的梯子折断
关于冬天的回忆已无法解释
一句话暗含了大人的杀机

善良的莲　不是一滴水可以玷污的
黑壁的水面上　太多的美
已死了美
道路久久无语
是谁的身影点燃了花朵的面容

一生拒绝我的大
袭些向我四了感觉
琴声是风　主石是刀
用绝着那操白莲去歌唱
我古地的诉离
只有身影才可以抵达

（原载《大学语文》课本．合肥工业大学
出版 2009年1月第2版）

墨韵青春——"青春诗会"诗人精品手稿选

阿妈*的羊皮袄

俄尼·牧莎斯加

把它裹紧，再裹紧一点
羊皮袄，就是你的
羊皮袄，我的阿妈
厚实的披毡，情同手足
跟随我上山放牧
羞涩的情人，怀揣口弦
藏在云朵里绣花

羊皮袄，你的羊皮袄
羊皮袄，裹在我身上
那是一张祖传的皮肤
那是一种淳朴的温暖
我依然需要
阿妈，我的阿妈
骨头坚硬
鲜活血液

把它松开些，再松开些
羊皮袄，就是你的

---

* 阿妈：彝语，指外婆或奶奶。

俄尼·牧莎斯加(1970~2022)，彝族，汉名李慧。祖籍大凉山瓦来拉达，生于四川九龙。中国作家协会会员。2001年参加《诗刊》社第十七届"青春诗会"。已出版诗集《灵魂有约》《高原上的土豆》《我在别人后》等。创作电视连续剧《支格阿尔》(31集)和电视连续剧《螺髻情缘》(20集)。作品主要刊载于《诗刊》《民族文学》等报刊。作品选入《二十世纪九十年代诗选》《2001中国年度最佳诗歌》《2009年中国散文诗》等权威选本。作品获过《诗刊》社"金鹰杯"三等奖、第二届四川少数民族文学奖、第三届"山鹰奖"等奖项。

羊皮袄，我的阿妈
欢乐将我陪伴
像那天空在高处注视和牵引
痛苦将我锻铸
像那大地催生种子的萌芽

羊皮袄，你的羊皮袄
羊皮袄，裹在我身上
放开我的双手和双脚吧
放开我的心灵与眼睛
我还得努力
阿妈，我的阿妈
让我透透气，让我顶风冒雨
看清影子与灵魂是不是一个

羊皮袄，啊，阿妈的羊皮袄
爱恨交加的羊皮袄
难以割舍的羊皮袄
我知道，我再清醒不过地知道
什么时候，它在我身上脱不下
那是我沉重的悲伤
什么时候，它在我身上消失了
我的生命才真走到了尽头

阿妈的羊皮袄

俄尼·牧莎斯加

把它裹紧，再裹紧一点
羊皮袄，就是你的

羊皮袄，我的阿妈
厚实的披毡，情同手足
跟随我上山放牧
羞涩的情人，收拢口弦
藏在云朵里绣花

羊皮袄，你的羊皮袄
羊皮袄，裹在我身上
那是一张祖传的皮肤
那是一种淳朴的温暖
我依然需要
阿妈，我的阿妈
骨状里破
解活血液
把它松开些，再松开些
羊皮袄，就是你的
羊皮袄，我的阿妈
欢乐将我陪伴
像那天空在高处注视和牵引

墨韵青春——"青春诗会"诗人精品手稿选

痛苦将我鞭打
像那大地催生种子的萌芽

羊皮袄，你的羊皮袄
羊皮袄，裹在我身上
放开我的双手和双脚吧
放开我的心头与眼睛
我还得努力
阿妈，我的阿妈
让我透透气，让我顶风冒雨
看清影子与灵魂是不是一个

羊皮袄，哦，阿妈的羊皮袄
爱恨交加的羊皮袄
难以割舍的羊皮袄
我知道，我再清醒不过的知道
什么时候，它在我身上脱不下
那是我沉重的悲伤
什么时候，它在我身上消失了
我的生命才真走到了尽头

　　　注：阿妈，彝语，指祖婆或奶奶

（原载《诗刊》2001年12月第十届青春
诗会专号）

墨韵青春——"青春诗会"诗人精品手稿选

牧南（1964～ ），诗人、小说家。毕业于武汉大学中文系。2001年参加《诗刊》社第十七届"青春诗会"。在海内外发表诗歌五百余首、中篇小说十部、短篇小说及散文若干。著有诗集《爱雨潇洒》《金玫瑰》《望星空》，长篇小说《玫瑰的翅膀》《姐妹船》等。

雪凤凰（节选）

牧 南

雪，落在立春后的第一个早晨
落在武汉封城后正月十二的北京
倒春寒袭击着中国
苍天啊，你让鹅毛大雪
来抚慰这无边的寂静……

黎明，在广袤的原野上行进
他们白衣素裙，缓缓地
缓缓地向天空上升
他们曾经的渴望在云朵上熠熠闪光
他们说过的话都化作新生的翅膀
那些呼唤的声音化成阵阵春风
将湛蓝的天空吹拂得更高更远……

万物眺望的目光颤动着
辽远的地平线上，铺开万丈云锦
婉约的歌声，从四面八方响起
是他们，是他们
就是他们……

刹那间，一群新生的凤凰
凌空展翅，拉出洁白的雪霰

千万朵春花与彩云联袂飘飞
聚到凤凰足下，由西向东
辟出条条闪耀的彩路
朝着初升的太阳
——自由地翱翔
朝着那自由的故乡
——自由地歌唱

雪凤凰

牧南

雪，落在这春后的第一个早晨
落在武汉封城后正月十二的北京
倒春寒袭击着中国
苍天啊，你让鹅毛大雪
来抚慰这无边的寂静
……

黎明，在广袤的原野上行进
他们的队伍缓缓地
缓缓地向天空上升
他们曾经的渴望在云朵上熠熠闪光
他们说过的话都化作新生的翅膀
那些呼唤的声音化成阵阵春风
将清晨的天空吹拂得更高更远
……

万物眺望的目光窥动着
辽远的地平线上，铺开万丈云锦
娓娓的歌声，从四面八方响起
是他们，是他们……
就是他们……

刹那间，一群新生的凤凰
那雪霞
展翅，扶出洁白的彩云联袂翔飞
千万朵　由西向东
凤凰呈下，
索索闪耀的彩霞
朝着初升的太阳
—— 自由地翱翔
朝着那自由的故乡
—— 自由地歌唱

　　　—— 选自四幕诗剧《雪凤凰》
　　　　第一幕《雪凤凰的诞生》

　　　—— 为青春诗会40周年纪念专集
　　　　2020年7月14日抄录，京北。

一只白鸡

江 非

江非（1974~），山东临沂人，现居海南。2002年参加《诗刊》社第十八届"青春诗会"。著有诗集《泥与土》《传记的秋日书写格式》《白云铭》《傍晚的三种事物》《夜晚的河流》《一只蚂蚁上路了》等。曾获华文青年诗人奖、徐志摩诗歌奖、《诗刊》年度青年诗人奖、茅盾文学奖新人奖、《北京文学》奖、海南文学双年奖等奖项。

如何想起一只白鸡

想起它在一道栅栏下啄食
红色的鸡冠有节奏地扇动
其他的鸡都是灰的
只有它是白的

想起它单脚立于栅栏之上
一只爪子轻轻地挠着脖子
它不是特别的
它只是一件白色的事物

雪后的空地上
一只白鸡融身于另一种类同的物体

想起它向远处踱去
在关涉着别处的生活
又向着近处笔挺地走来

一只白鸡是你爱过的
一件白色的衣物
白色有关于白色的记忆

白永不会倾塌

如何把一只白鸡想起得
更加准确，更加清晰

一只栖宿于高高的树桠上的白鸡
它浑身都是雪白的
它在高处
只有它硕大的鸡冠是红色的
白鸡是红色的

一只白鸡

江非

如何想起一只白鸡

想起它在一道栅栏下啄食
红色的鸡冠有节奏地扇动
其他的鸡都是灰的
只有它是白的

想起它单脚抑立于栅栏之上
一只爪子轻轻地攥着脖子
它不是特别的
它只是一件白色的事物

雪后的空地上
一只白鸡融身于另一种类同的物体

想起它向远处踱去
在关心着别处的生活
又向着远处笔挺地走来

一只白鸡是你爱过的
一件白色的衣物
白色有关于白色的记忆
自永远不会倾塌

如何把一只白鸡想起得
更加准确，更加清晰

一只抓啃了高高的树枝上的白鸡
它浑身都是雪白的
它在高处
只有它硕大的鸡冠是红色的
白鸡是红色的

2019年11月5日

洗手癖

张岩松

张岩松（1961~　），安徽无为人。诗人、书法家。中国作家协会会员。2002年参加《诗刊》社第十八届"青春诗会"。出版诗集《木雕鼻子》《劣质的人》《一个夺走的当代图景》。作品入选《大学语文》及《中国现代文学史》。

出于好奇
我摸进树干新勒出的沟痕里
新鲜痕迹仍在悸动
我摸到绳索

回家后我对着镜子恐吓自己
宛如稻草人

放开水龙头冲洗
冲走一个声音
我把手洗得苍白
塞进毛巾里擦干

入夜，我掖好被角
又摸到树痕里粗犷的绳索
我溜进盥洗室
手插进滢滢的水池
我长久地浸泡
手的边缘开始浮肿

我要洗干净
这跟我毫不相干的绳索

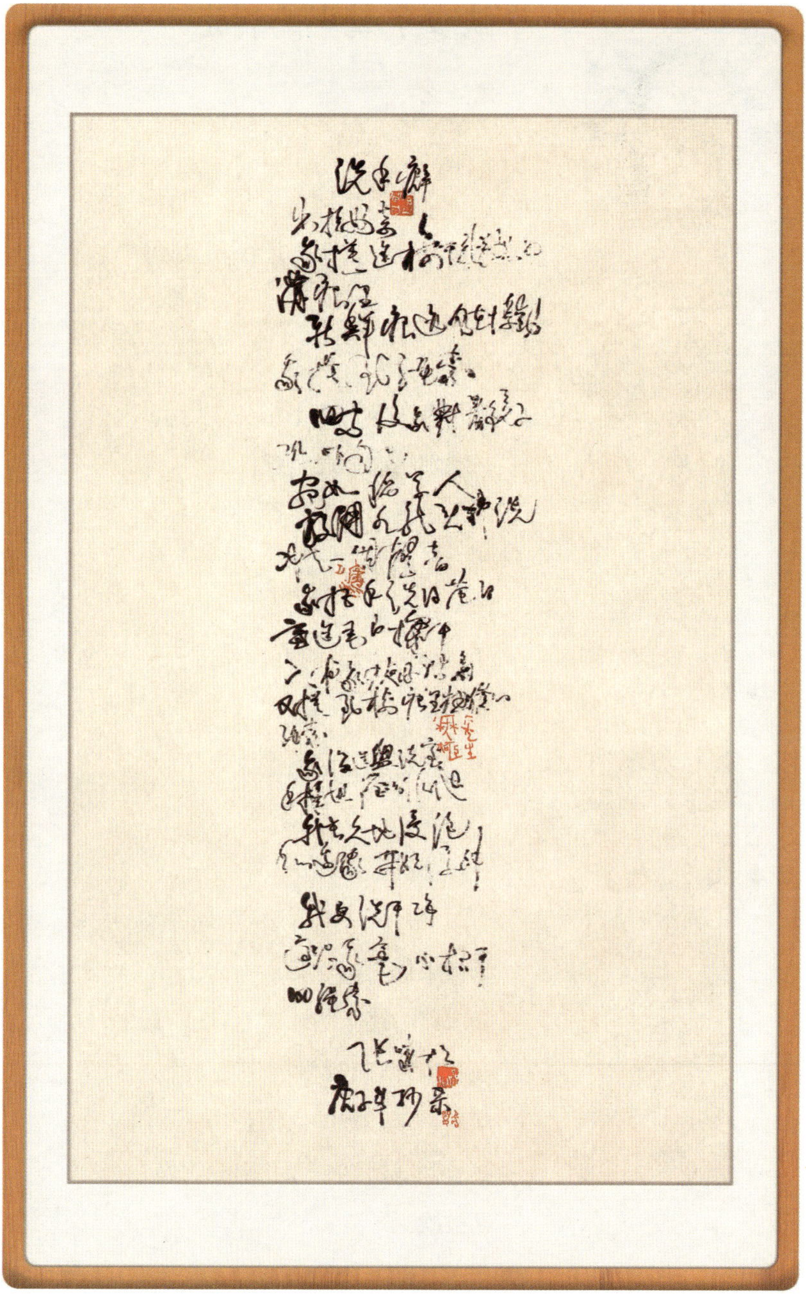

缺少了魏克的行走

魏　克

魏克（1970~　），生于安徽肥东。诗人、作家，纪录片微电影编导，职业漫画家。1997年毕业于中央戏剧学院戏剧文学系。2002年参加《诗刊》社第十八届"青春诗会"。1995年起，在《花城》《诗刊》等杂志上发表诗歌、小说、散文、评论多篇。诗歌入选多种诗歌选本。已出版《大话校园》《零点阳光》《漫画名人名言》《魏克诗画》等十余本图书。2007年，策划"首届中国现代诗画大展"。2013年，策划"第二届中国现代诗画大展"。曾获奖若干。

缺少了魏克的行走
文德路　一下子变得如此荒凉

2001年10月12日下午
当我再次来到文德路
我感到路面如此坚硬
像是对我的一种驱逐
苍白的阳光下
那潜伏着的荒凉
让我的双手开始发抖

在它没有改变的街道上
一切都已改变
一切都已　冰凉一片

缺少了魏克的行走
文德路　终于陷入了它自己的荒凉
在我离开它的瞬间　它已坍塌
如同一个孤独的人倒在自己的内心
我看到我留在它面孔上的火焰
已被吹灭

那巨大的荒原
不再有魏克的脚步
为它掀起阵阵波浪
我是它镀着阳光的船桨
在有我行走的日子里浪花四溅
远离黑夜和沼泽

当我再次来到文德路
阳光多么明亮
路面上发着一种寂静的反光
像是我往日生活　那遥远的墙

失去了魏克的行走
文德路　你的名字已经改变
你知道你自己
在没有魏克行走的这些日子里
已经变得
多么荒凉

缺少了魏克的行走

缺少了魏克的行走——
文德路 一下子变得如此荒凉

2001年10月12日下午
当我再次来到文德路——
我感到路面如此坚硬
像是对我的一种驱逐
苍白的阳光下
那潜伏着的荒凉
让我的双手开始发抖

在它没有改变的街道上
一切都已改变
一切都已 冰凉一片

缺少了魏克的行走——
文德路 终于陷入了它自己的荒凉
在我离开它的瞬间 它已坍塌
如同一个孤独的人倒在自己的内心
我看到我留在它面孔上的火焰
已被吹灭

那巨大的荒原
不再有魏克的脚步
为它掀起阵阵波浪
我是它镜着阳光的船桨
在有我行走的日子里浪花四溅
远离黑夜和沼泽

当我再次来到文德路
阳光多么明亮
路面上发着一种寂静的反光

像是我往日生活　那遥远的墙

失去了魏克的行走
文德路　你的名字已经改变
你知道你自己
在没有魏克行走的这些日子里
已经变得

多么荒凉

魏克
2001.11.11.写于广州天河区
2020.5.25.晚 书于山东省
济南市槐荫区河庄村
文德路:广州市中心的一条路.

胡弦（1966~ ），生于江苏铜山，现居南京。诗人、散文家。2002年参加《诗刊》社第十八届"青春诗会"。著有诗集《沙漏》《空楼梯》《石雕与蝴蝶》(中英文双语)，散文集《菜蔬小语》《永远无法返乡的人》等。曾获《诗刊》社"新世纪十佳青年诗人"称号、《诗刊》《星星》《十月》《作品》等杂志年度诗歌奖、花地文学榜年度诗人奖、腾讯书院文学奖、柔刚诗歌奖、闻一多诗歌奖、徐志摩诗歌奖、十月文学奖、第七届鲁迅文学奖等奖项。

风

胡　弦

无处不在
透明的一群在行动

像最基层的群众
目光能轻易穿透它
却又像什么也没有看到……

全体出动，制造风暴和大革命
大部分时候
只是其中很少的一部分
忙忙碌碌
在互相推动中改变了方向

微型的
活在我们肺里
深入浅出
把我们的一生
呼吸掉

风

无处不在
透明地一群无行动

你戒备层层屏布
目光轻易穿透它
却又像什么也没看到

全体出动
制造风暴和大革命
大部分时候
只是其中很少的一部分
忙碌着
在相互推动中改变了方向

微型地
派生成们肺里
浮入浮出
把我们的一生
呼吸掉

注：此诗刊于2002年10月《诗刊》
　　　　　　　曹谁诗会老于

李轻松(1964~),女,辽宁凌海人,现居沈阳。毕业于中央戏剧学院。20世纪80年代开始文学创作。2002年参加《诗刊》社第十八届"青春诗会"。著有诗集、散文随笔集、长篇小说、童话集等二十余部,多次荣登图书排行榜。荣获第五届华文青年诗人奖等多种奖项。在《南方周末》开设个人专栏《行走与停顿》。另有诗剧、话剧、音乐剧、评剧、京剧、电影、电视剧等戏剧影视作品数种。

日落大道

李轻松

从行将消失的时光中转身,从黄金中
提纯。从生活结束的地方
开始活着,并默默地看着日落大道

可以依傍的东西越来越少。虚无的风啊
从我的身体里浪费
浪子一样抽身而去
而我的善良,正无边地损毁着我

一个失语的人,还用什么说话?
我已习惯隐痛,并不急于表达
我只是要把这段时间看到发白。

以及一些坚硬的事物
它们用黄金装饰痛苦
用某种根须来粉饰艺术
用我从未了解的爱,来消解我的命运

我从容地走过,在脚步的鼓点里
燃起最微弱的火。无论声音怎样低下
我都会看到比我更低的生存

日落大道

李郁桦

从行将消失的日光中抽身，从暮色中
撤出。从出话结束的地方
开始沉着，车里望地看着日落大道

那些低空的东西越来越少。空无的风吹啊！
从我的身体里记得
混乱一样抽身而去，
而我的家，正无边地摇晃着我

一个失混的人，还用什么说话？
我已习惯隐藏。车不会永远迷
我之是宁把这段时间看到发白。

那些一些坚硬的事物
让他们用善良洗脱罪恶吧
用某种祝祷来安抚写实
用我来了解的爱，来消解我的会远

我心善跳跃，在胜利的致虚中
燃起最后的那火，无论声音丢掉你下
我知今活到此我更行的现在

2001.12.3

抄于2004年6月27日

天山北麓的一场大雨

北　野

一夜豪雨
山洪翻过河床和大石头　汹涌而下
带着喜讯和破坏的力量

油菜花旁的养蜂人
钻出漏雨的帐篷　察看彩虹
用树枝抽打浸水的蜂箱

玛纳斯平原的每一条道路都闪着水光
戈壁滩上的防渗渠　刀口一样
灌满了大地的血浆

草丛中的一只旱獭踮起脚尖向四周眺望
啊！沙枣花的香气和蜜糖
已被雨水冲到远方

混合着羊粪、牛屎和卡车司机的野尿
它们将形成下一个绿洲和未来世纪
经典的养料

北野（1963～），全名刘北野，生于陕西，长于新疆，现居山东威海。中国作家协会会员。2003年参加《诗刊》社第十九届"青春诗会"。著有《马嚼夜草的声音》《黎明的敲打声》《在海边的风声里》等诗文集六部。《马嚼夜草的声音》入选"21世纪文学之星丛书"1999～2000年卷·诗歌卷。鲁迅文学院首届中青年作家高级研讨班学员（2002）。曾获新疆维吾尔自治区政府首届天山文艺奖（2003）和《诗刊》社第二届华文青年诗人奖（2004）。

天山北麓的一场大雨
○○○○○○○○○○○○

一场豪雨

山洪翻过河床和大石头　汹涌而下

带着某种和破坏的力量

油菜花掌和养蜂人

钻出漏雨的帐篷　寮言彩虹

同树枝抽打浸水的蜂箱

玛纳斯平原的每一条道路都闪着水光

戈壁滩上的防渗渠　刀口一样

灌满了大地的血浆

草丛中的一只旱獭　踮起脚尖向四周眺望

啊　沙枣花的香气与蜜糖

已被雨水冲到远方

混合着羊粪　牛屎和卡车司机的野尿

它们将形成下一個绿洲和未来世纪

红票的养料

2003年6月30日　初稿於乌鲁木齐

2020年6月在诗刊社之约重抄

亲　人

雷平阳

雷平阳（1966~　），云南昭通人，现居昆明。2003年参加《诗刊》社第十九届"青春诗会"。出版诗歌、散文集三十多部。曾获人民文学奖、《诗刊》年度奖、十月文学奖、华语传媒大奖诗歌奖、钟山文学奖、花地文学排行榜诗歌金奖和第五届鲁迅文学奖等奖项。

我只爱我寄宿的云南，因为其他省
我都不爱；我只爱云南的昭通市
因为其他市我都不爱；我只爱昭通市的土城乡
因为其他乡我都不爱……

我的爱狭隘、偏执，像针尖上的蜂蜜
假如有一天我再不能继续下去
我会只爱我的亲人——这逐渐缩小的过程
耗尽了我的青春和悲悯

我之愛家之愛突了宿的一雲南田為其他
昔我都石之愛 我之愛雲之南音曲粉遍市田為
其他市我都不愛 我之愛曲通
市他土城之圖為其他之我都不愛
我的愛猴猛偏执衛衛針史上的蜂窒
俟和微之再也不能得债下去
我會之愛我的親人是逐漸
縮小的過程耗盡了我的青春和
悲烱 庚子夏珍蓉作親人
平陽林长郎

布尔哈通河

王夫刚

王夫刚（1969~ ），生于山东五莲。诗人。中国作家协会会员。2003年参加《诗刊》社第十九届"青春诗会"。著有诗集《诗，或者歌》《粥中的愤怒》《正午偏后》《斯世同怀》《山河仍在》《仿佛最好的诗篇已被别人写过》和诗文集《落日条款》《愿诗歌与我们的灵魂朝夕相遇》等。获过齐鲁文学奖、华文青年诗人奖、柔刚诗歌奖、阮章竞诗歌奖、十月诗歌奖和《广西文学》年度作品奖等奖项。

布尔哈通河的夏日，水上漂着北方。

布尔哈通河的夏日，彼岸

埋着婉容。金达莱是鲜花

也是无须国籍的歌声

唤醒早春：那任性的孩子还在奔跑

那任性的天空，就要下雨。

教科书上的布尔哈通河

流经少年的作文，以母亲河的

身份——那时他还不知道

每一条河流，都有一个

源头；每一条河流，都有自己的子嗣

要在哈尔巴岭的深山清泉中

遇见两个人的微微一笑

需等30年：谁在故乡完成自身的

流淌，谁将在故乡之外

永远做客。布尔哈通河的夏日

楼房高过柳树，少年却已

回不到桥上，雨过天晴

爱是布尔哈通河，也是布尔哈通河流域

花开花谢，监狱出身的剧院曲终人散。

布尔哈通河

王夫刚

布尔哈通河的夏日，水上漂着北方。
布尔哈通河的夏日，彼岸
坦荡婉容。点缀桑葚是鲜花
也是无需国籍的歌声
唤醒早春，那任性的孩子还在奔跑
那任性的天空，就要下雨。
教科书上把布尔哈通河
流经少年的作文，以曲索河的
身份——那时他还不知道
每一条河流，都有一个
源头；每一条河流，都有记忆加于潮
思在哈尔巴岭的望山清泉中
遇见两个人的微微一笑
需等30年，将生的多突我自身的
流淌，诺岭生根红外
来这做客。布尔哈通河的夏日
楼房高过树梢，少年却已
回不到桥上，雨过天晴
爱上布尔哈通河，也是布尔哈通河流域
花开花谢，监狱出身的剧院曲终人散。

二〇一〇年〇月

桑克（1967~　），生于
黑龙江密山。1985年考
入北师大中文系。2003
年参加《诗刊》社第十
九届"青春诗会"。著
有《桑克诗选》《桑克
诗歌》《桑克的诗》《冬
天的早班飞机》《朴素
的低音号》等。获得过
刘丽安诗歌奖、《人民
文学》诗歌奖、中国
诗人奖等奖项。

暴风雪结束了，听说新的暴风雪即将来临……

桑　克

暴风雪，

我竭力发现你的滑稽，

你的乐趣。

还有谁发自肺腑地喜欢

你的坏脾气？

掀翻饭桌、汽车和人。

我在小说里轻描淡写地约会

在诗里还是。

这样的黑暗

使无所谓的黄灯

变成象征。

又一次点燃的绝望之烬

究竟是靠什么？

雪的欲望越来越深。

把斗争的勇气

全部转换成

拍照的热情。

冷漠我接受，

小范围的问候我接受。

暴风雪难以下咽。

雪的折磨

多少是喜剧性的。

越看越好笑。

只要不是骨折，

我听见的全是真正的笑声。

雪摸成了黑镜。

结束了。

干冷就是干巴巴的冷。

羽绒服长翅膀飞了。

又一茬雪讯

更改明日的报纸标题。

丢弃校对的花镜吧。

新的暴风雪还能有什么新的花样？

地震助演

反而让人吃惊。

暴风雪结束了，听说新的暴风雪即将来临…… 柔刚

暴风雪，
我竭力发现你的滑稽，
你的失败。

还有谁发自肺腑地喜欢
你的坏脾气？
掀翻饭桌、汽车和人。

我在小说里
轻描淡写的约会
在诗里还是

这样的黑暗
使无所谓的黄灯
变成象征

又一次点燃的绝望主烽
究竟是靠什么？
雪的欲望王越来越深。

把斗争的勇气
全部轻换成
拍照的热情。

冷漠我接受，
中花园的问候我接受。
暴风雪难以下咽。

雪的折磨
多少是喜剧性的。
越来越好笑。

只要不是骨折，
我听见的全是真正的笑声
雪换成了黑镜。

二三年十一月二十八日十二时五十二分

结束了。
干冷，或就是干巴巴的冷。
羽绒服长翅膀飞了！

又一条雪讯
更改明日的报纸标题。
丢弃掉对的花镜吧。

新的暴风雪
还能有什么新的花样？
地震助凑

反而让人吃惊。

甘南的星星

沙 戈

沙戈(1966～)，女，
回族，河北遵化人。现
居甘肃。中国作家协会
会员。2003年参加《诗
刊》社第十九届"青春
诗会"。著有诗集《梦
中人》《沙戈诗选》《尘
埃里》《夜书》，散文集
《开始我们都是新的》。
作品刊于《人民文学》
《诗刊》《星星》《十月》
等刊物，入选多部中
国年度精选集及各类
诗歌选本。有作品翻
译到国外。获敦煌文
艺奖、黄河文学奖、
《诗刊》优秀作品奖等
奖项。

这些反光的事物
被夜空磨碎的岩石
黑夜　还揉碎了一颗孤寂的心

我不敢再往深处走了
那些隐藏的闪电
星星与星星炙热的爱
让我却步

我不敢
离水太近
那是岩石流下的泪啊
哗啦哗啦
像要弄疼我的心

我不敢
再看星星的眼睛
那眼神太像牛的　羊的　以及
陡壁上那只蹲着的
鹰的

甘南的星星

这些很亮的事物
被夜里磨碎的岩石
最后　还操碎了一颗孤寂的心

我不敢再轻浮起了
那些隐藏的闪电
星星与星星亲热的爱
让我却步

我不敢
离水太近
那是岩石流下的泪啊
哗啦哗啦
像要夺去我的心

我不敢
再看星星的眼睛
那眼神太像羊的　羊的　以及
陵陵上那上陪看的
鹰的

在希尔顿酒店大堂里喝茶

苏历铭

苏历铭(1963~)，出生于黑龙江佳木斯。毕业于吉林大学，留学于日本筑波大学、富山大学。1983年开始公开发表作品。2003年参加《诗刊》社第十九届"青春诗会"。著有《田野之死》《有鸟飞过》《悲悯》《开阔地》《青苔的倒影》《苏历铭诗选》等诗集，《细节与碎片》等随笔集。

富丽堂皇地塌陷于沙发里，在温暖的灯光
照耀下
等候约我的人坐在对面

谁约我的已不重要，商道上的规矩就是倾听
若无其事，不经意时出手，然后在既定的
旅途上结伴而行
短暂的感动，分别时不要成为仇人

不认识的人就像落叶
纷飞于你的左右，却不会进入你的心底
记忆的抽屉里装满美好的名字
现在，有谁是我肝胆相照的兄弟？

三流钢琴师的黑白键盘
演奏着怀旧老歌，让我蓦然想起激情年代
里那些久远的面孔
邂逅少年时代暗恋的人
没有任何心动的感觉，甚至没有寒暄
这个时代，爱情变得简单
山盟海誓丧失亘古的魅力，床笫之后的分手
恐怕无人独自伤感

每次离开时，我总要去趟卫生间
一晚上的茶水在纯白的马桶里旋转下落
然后冲水，在水声里我穿越酒店的大堂
把与我无关的事情，重新关在金碧辉煌的盒子里

在奢华轻酒店大堂里喝茶

富丽堂皇地毯那踏于沙滩里，在温暗的灯光照耀下
等候约我的人坐在对面

谁约我的已不重要，商道上的规矩就是候听
若无其事，不经意时出手，却恰在既定的旅途上结伴而行
短暂的感动，分别时不要成为什么人

不认识的人就像落叶
纷纷飞于你的左右，却不会进入你的心房
记忆的抽屉里装满美好的名字
在现在，有谁是我肝胆相照的兄弟？

三院钢琴师的黑白键盘
演奏着怀旧老曲，让我梦里想起青春年代里那些久违的面孔
邂逅少年时代暗恋的人

没有任何心动的感觉，甚至没有黑暗
这个时代，爱情变得简单
山盟海誓哀天亘古的魅力，麻景话的分手
恐怕无人独自倘惶

每次离开时，我总要去趟卫生间
一晚上的苓水在纯白的马桶里淀淀下潜
然后冲礼，在水声里我穿越酒店的大堂
把与我无关的辜啬，重新关在金碧辉煌的盒子里

苏历铭

锄头

黑 枣

黑枣(1969~)，原名
林铁鹏。福建漳州人。
2003年参加《诗刊》社
第十九届"青春诗会"。
获第八届华文青年诗
人奖。已出版诗集《诗
歌集》(合集)、《亲爱的
情诗》《小镇书》《亲
爱的角美》，散文随笔
集《12·21》(与妻子
合著)。

锄头在我手中，像一尾长了翅膀的蛇
随时都要飞出去
我笨拙地指挥它向东，它却偏偏往西
乡间的风催着它飞速地长大
变粗、变重……
我渐渐追不上它的脚步
我总感到，它一定是要在遥远的天边
掘一个坑
把自己重新种植成一棵茁壮的树

297

锄
头

锄头

黑枣

锄头在我手中，像一尾长了翅膀的蛇

随时都要飞去

我奋力地指挥它向东，它偏偏往西

乡间的风催着它飞速地长大

变粗、变重……

我渐渐追不上它的脚步

我总感到，它一定要去遥远的天边

找一个坑

把自己重新种植成一棵遥远的树才

写于2003.11 湘西凤凰·沈从公园木论坛主屋
抄于2020年6月15日

唐朝来信

谷 禾

谷禾（1967~ ），出生于河南农村。20世纪90年代初开始写诗并发表作品。2003年参加《诗刊》社第十九届"青春诗会"。著有诗集《飘雪的阳光》《大海不这么想》《鲜花宁静》《坐一辆拖拉机去耶路撒冷》《北运河书》和小说集《爱到尽头》等多种。曾获华文青年诗人奖、《诗选刊》最佳诗人奖、扬子江诗学奖、刘章诗歌奖、《芳草》汉语诗歌双年十佳等奖项。

一路走过千山万水
它带上了草木的气息
使者的体温和汗味
因为途中的一次变故
它遇上匪患，信封之内
那些文字，惊惶，无助
毫无疑问地，它一次次
想到了死，火的舔舐
水的浸渍，被黑暗胃囊分解。
……星期一，我坐于窗前
看窗外楼群如众山汹涌
雾霾里的绿植比雪更虚无
一群疾飞的渡鸦，在冷冽
空气中，模拟星际穿越
当灯光安静下来，纸的喘息
分外刺耳，你的手写体
如屋瓦上的燕子，带来天空中
离散和挣扎的云朵
而用一首诗或一则传奇来呈现
时间是不够的，虚构的瘦马
颤抖着筋骨，从纸张深处走来——
你用狼毫述说的一切，不外乎

孤单岁月的回忆——它模糊，
不确指未来任何固定的日子
寒流的侵袭，如不同年代的爱
我的痛惜在于，以前从未留意
山水间，更多消失的驿站

唐朝来信

岩鹰

一路走遍千山万水
它带上了草木的气息
使者的体温和汗味
因为途中的一次变故
它遇上了歹徒，信封之内
那些文字，惊惶，无助
毫无疑问地，一次次
想到了死，火焰的余孽
水的侵渍，黑暗的胃分解。

星期一，我迎对面前
看满升建筑，如群山批沛
雪霜下的绿桎，比雪更虚无
一群疯飞的波鸦，在冷冽
空气中，模拟穿越时空

当灯光安静下来，纸的嘈杂
分外刺耳，你的手写体
如屋瓦上的燕子，带来天空
离散和时光的云朵。
用一首诗和一则传奇去呈现
是不同的。雅致的瘦马
额挂着游骨，孤独地走来——
你用宣纸走说的一切
分外孤单岁月的回忆
它模糊，不指向未来某一日
寒流的侵袭，如不同时代的爱
我的苍老只左于，此前以来
路走山水间，那更多有失的驿站
2011年

蚂蚁雄兵

谭克修

夕阳将高压线塔的影子不断拉长
以迎接一支闷热的蚂蚁雄兵
它们从古同村长途跋涉而来
历经四十年，才在无人问津的
洪山公园，找到新的巢穴
这些二维生物，视力一直没有进化
看不见三维空间投来的眼神
它们根据经验判断
云朵将在今夜完成一次集结
它们沿着高压线塔的影子，一路往西
它们不知道，自己的爬行
正在使地球反向转动
在高维度空间弄出了巨大声响

谭克修（1971~ ），生于湖南隆回古同村。现居长沙。20世纪80年代末学写诗。2003年参加《诗刊》社第十九届"青春诗会"。曾先后获得《星星》《诗歌月刊》联合评选的"中国年度诗歌奖"（2003），十月诗歌奖，首届昌耀诗歌奖、中国独立诗歌奖特别大奖、第三届栗山诗会2017年度批评家奖等奖项，被评为1986~2006中国当代十大新锐诗人等。著有诗集《三重奏》。

蚂蚁雄兵

夕阳将鸟居线塔的影子不断拉长
以迎接一支问热的蚂蚁雄兵
它们从古同村长途跋涉而来
历经四十年，才在无人问津的
洪山石窟，找到新的巢穴
这些二维生物，视力一直没有进化
看不见三维空间投来的眼神
它们根据经验判断
古朱博在今夜完成一次集结
它们沿着鸟居线塔的影子，一路往西
它们不知道，自己的爬行
正在使地球反向转动
在四维度空间弄出了巨大声响

沈建阳书

墨韵青春——"青春诗会"诗人精品手稿选

崔俊堂（1969～ ），字元杰，生于甘肃通渭苦水河畔。中国作家协会会员、中国书法家协会会员，中国人民大学艺术学院书法研究生。2003年参加《诗刊》社第十九届"青春诗会"。获甘肃《飞天》十年文学奖（两次）、甘肃黄河文学奖。著有诗集《谷风》《谷地》，散文诗集《尘祭》，随笔集《书道漫笔》。诗作入选数种中国诗歌精选本。书法作品入选国家、省级数项展览。

亲 人

崔俊堂

在村东头住着我的亲人
在村西头埋着我的亲人
他们用过同一匹布的粗衣衫
被大风吹得皱皱巴巴
被白日头晒得黄里浸黑

出门喊声娘的，骨子里的亲人
崖畔上对歌的，花苞里的亲人
黄土里深埋的，上几辈子的亲人
亲人啊，几截黑木炭
承受着太阳的鞭子和血

远在山乡的亲人
雪中送炭的亲人
今夜，我回到村子里
星星点灯，船样的伤疤
叫我远航时看到生活的烙印

亲　人

在侯堂

在村西沉住着我的亲人
在村东沉埋着我的亲人
他们用透同一匹布的粗衣衫
被大风吹得皱皱巴巴
让冬日照晒得发黄浸黑

七门峨着烙印，背着里的亲人
崖畔已荒芜的，左苋里的亲人
黄土里埋埋的，又穿紫衣的亲人
亲人啊！家裁黑木寒
还变着太阳的颗子和血

遥在心坎的亲人
雪中迷茫的亲人
人烟，家用乏的村子里
雪韵莹烧，牝样的伤疤
像亲远的时唇到生活的快印

原载 2014.2《飞天》

处　境

孙　磊

墨韵青春——"青春诗会"诗人精品手稿选

孙磊（1971~ ），现生活工作于北京、济南。诗人、艺术家。2004年参加《诗刊》社第二十届"青春诗会"。曾获第十届柔刚诗歌奖、首届新诗界国际诗歌奖提名奖等奖项。作品被翻译成英文、西班牙文、德文等。出版《七人诗选》（合著）、《演奏——孙磊诗集》、《孙磊画集》《独立与寂静的话语》《中国当代新锐水墨经典——孙磊卷》《去向——孙磊近期诗作》《处境：孙磊诗歌》《无生之力》《孙磊诗文集》《刺点》《别处》《妄念者》等。

谈到自己，我无言。
无人感谢，腌制的形象。

300度镜片的视力，
含釉的玻璃。热泪涌出时，
有赤白的反光，
有一些景色突然被失去。
那是曾经的沉沦，
在他人眼里数次看到。

一种冲力，像推门的手，
在力量中几乎是冰凉的。

树影忠实，不当众揭开记忆的面纱，
耻辱写在脸上，写在
牙齿、唾液和喉咙中间。
它不直接恨你，不浑然说出
一夜的落叶。
低沉、慢、远，你知道，
整整一天我都在做准备，
微微渗汗，不哭。

除非那些叶子被丢在讲述之外，
腐烂。倔强。噼啪作响。

处 境

谈到自己，我无言。
无人感锋，掩到的形象。
300°度镜片的视力，
含羞的玻璃，热泪涌生时，
有赤白的反光，
有一些景色突然被失去，
那是曾经的沉沦，
在他人眼里数次看到。

一种冲力，像推门的手，
在力量中儿手是冰凉的。

树影忠实，不当众揭开记忆的面纱，
耻辱写在脸上，写在

牙齿、唾液和喉咙中间。
它不直接恨你，不悍然说出
一夜的落叶。
低沉、慢、远，你知道
整整一天我都在做准备，
微微渗汗，不哭

除那那些叶子未被卷在讲述之外
腐烂、催涨、噼啪作响。　　　2003.1 —— 2003.6

　　　　　　　　　　　　　　琼瑶衡手稿

　　　　　　　　　　　　　　2020.6.30

每块石头都有受孕之心

徐南鹏

徐南鹏(1970~)，福
建德化人，现居北京。
2004年参加《诗刊》社
第二十届"青春诗会"。
著有诗集《城市桃花》
《大地明亮》《星无界》
《我看见》《大鱼》《另
外的一天》等，散文随
笔集《大风吹过山巅》
《沧桑正道》。创有个人
公号"南鹏抄诗"。曾
获《诗歌月刊》年度
诗歌奖等。

墨韵青春——「青春诗会」诗人精品手稿选

洪荒不过一瞬
时间一直流毒

每块石头都有受孕之心
炽热是深入的、持久的

有个声音，隐秘地喊：
悟空，悟空

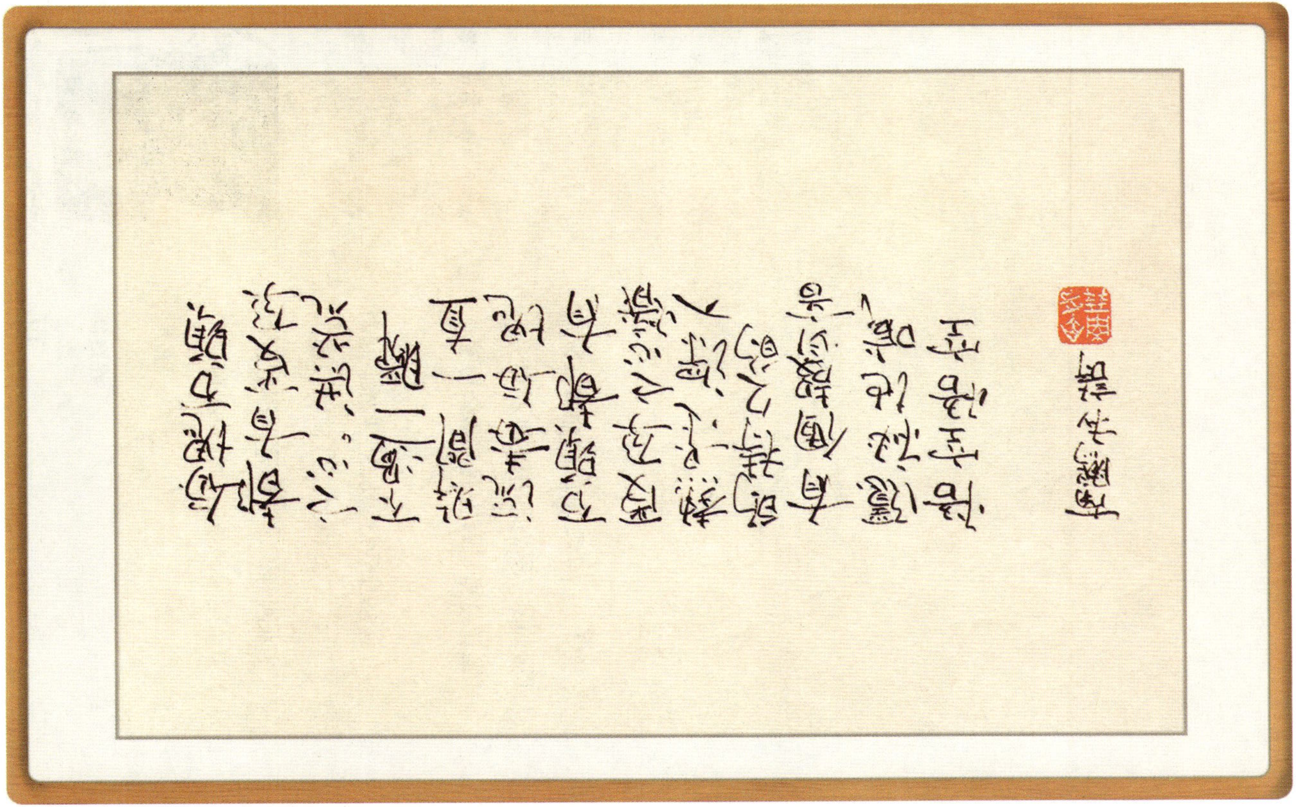

刘以林(1956~)，安徽凤阳人。行修者、诗人、艺术家、旅行家。2004年参加《诗刊》社第二十届"青春诗会"。著有诗集《自己的王》等七部，其他文学作品《人生六悟》等多种。长期承担《读书》等多家杂志插图，出版数十本插图书。创作美术作品雕塑、油画、钢笔画、国画等两万余件(幅)。

鱼

刘以林

一条鱼走过河底所有的淤泥并歌唱它们
在岸和淤泥之间，它崇拜河水
知道一条河有出发和到达
中间咆哮高飞的过程必有营养

一条鱼终生一丝不挂，亮着灵魂
一条鱼就是水中的月亮，它照亮河谷
把水里最暖的力量送给每一个亲人

魚

刘/林 詩生書·詩刊 三零零年 第二十三期

一條魚走過河底所有的淤泥並歌唱它們

在岸和淤泥之間、它崇拜河水

知道一條河有出發和到達

中間咆哮高飛的過程必有營养

一條魚終生一線系掛、托著靈魂

一條魚就是水中的月亮、它照亮河谷

把水裏最晚的力量送給夜一個親人

三零零四年·三月二十八日·北京·河中的魚是水的靈魂 是河流的

傳說·和我們·看水的准一一希望·

坐在田埂上的父亲

刘福君

墨韵青春——"青春诗会"诗人精品手稿选

刘福君 (1964~)，河
北兴隆人。中国作家
协会会员。2004年参
加《诗刊》社第二十届
"青春诗会"。自1984
年发表文学作品以
来，先后在《人民日
报》《文艺报》《诗刊》
《人民文学》《十月》
《星星》等报刊发表
文学作品二百多万
字。相继出版报告文
学集《雾灵山人》，诗
集《风雨兼程》《心语》
《母亲》《父亲》《诗意
毛泽东》《帅》《我乡
下的中国》。诗集《母
亲》获第二届徐志摩
诗歌奖，2009年被《诗
刊》社评为"新世纪
十佳青年诗人"。

坐在田埂上的父亲
坐在随便一块石头或杂草的上边
抽烟、擦汗，歇一歇
干活的人
想法十分简单，像草
绿得简单；像云，白得简单

风吹过来
抽穗扬花的气息
在绿汪汪的田野上随便弥漫
下一场透雨是比天还大的事情
父亲的天就是庄稼就是庄稼想法
雷一样焦灼
雨一样渴念

坐在田埂上随便歇一歇的父亲
挽一把青草仔细地擦拭锄板
天黑之前，他想要锄完这片玉米
农谚里说："锄头下有雨"啊
雨啊，你的想法离父亲还有多远

我是在远处看见父亲的

傍晚的风随便掀动哗哗的玉米叶子
像大海高低起伏的波澜
父亲又开始锄地，弓着腰
我是谁，我离父亲又有多远

坐在田埂上的父亲

刘福君

坐在田埂上的父亲，坐在
随便一块石头或某草尖上也
抽烟、擦汗、歇一歇累
不读书的人想法十分简单，像草
绿的简单，像云白的简单。

风吹过来，揣着槐花的芬芳
把绿汪汪的田野上随便踩一遍
下一场透雨是比天还大的事情
父亲的天就是庄稼就是庄稼想法
雪一样焦灼，雨一样渴念

坐在田埂上随便歇一歇的父亲
抓一把青草仔细地擦拭锄板
天黑之前，他想要锄完这片玉米
叹着气里说："锄头下有雨"啊

我是花田野散学时看见父亲的
傍晚的风儿便掀起哗哗的玉米叶子
像人海，像波涛泛起的蔚蓝
父亲又开始锄地，躬着腰锄地
如果我是雨，我离父亲又有多远

水 边

叶丽隽

墨韵青春——"青春诗会"诗人精品手稿选

叶丽隽（1972~ ），女，
生于浙江丽水。2004
年参加《诗刊》社第二
十届"青春诗会"。著
有诗集《眺望》《在黑
夜里经过万家灯火》
《花间错》，在美国出
版双语诗集《我的山
国》。曾获第二届"中
国天水·李杜诗歌奖"
新锐奖、《芳草》第四
届汉语诗歌双年十佳
奖、首届紫金·江苏
文学期刊优秀作品奖、
《扬子江》诗刊奖、扬
子江诗学奖、第十一
届丁玲文学奖等。

大雁低低地
擦过我们的头顶。黄昏也低低地
推过来白色的波涛
"变是唯一的不变"。在水边
除却了身上，所有的衣物
我们是闪亮的白银，即将升起
的月光，星辰
是水，回到了水

水边　　　叶世斌

大雁低低地
掠过我们的黄昏。黄昏也低低地
推过来白色的涛声

"变是唯一的不变"。在水边
除却了身上，所有的存在
我们是闪亮的白银，即将升起
　　　的月光，星辰

是水，回到了水

向黑暗讨要一只苹果

川 美

川美（1964~ ），女，本名于颖俐，辽宁新民人。中国作家协会会员。2004年参加《诗刊》社第二十届"青春诗会"。出版诗集《我的玫瑰庄园》《往回走》，散文集《梦船》和译著《清新的田野》《鸟与诗人》等。诗歌作品发表于《诗刊》《星星》《诗选刊》等杂志。诗作收入《中国年度诗歌》等多种选本。获"诗探索·中国年度诗人"奖。

如果黑暗不是一棵苹果树
为什么我总是嗅到苹果的香

我在黑暗的园中漫步
用比黑暗更黑的眼睛
寻找那只诱惑我的苹果
可是，我什么也找不到
除了黑暗
除了黑暗里若有若无的苹果树
除了苹果上黑暗的香

除了蜿蜒的河流以上帝的意志流淌
除了河上若有若无的苹果树的倒影
除了倒影——
诱人的黑和诱人的香

向黑暗讨要一只苹果

川勤

如果黑暗不是一棵苹果树
为什么我总是嗅到苹果的香

我在黑暗的园中漫步
用比黑暗更黑的眼睛
寻找那只诱惑我的苹果
可是，我什么也找不到
除了黑暗
除了黑暗里若有若无的苹果树
除了苹果上黑暗的香

除了蜿蜒的河流以带的蓝色流淌
除了河上若有若无的苹果树的倒影
除了倒影——
诱人的黑和诱人的香

2004. 9

微小的火焰

郁 笛

郁笛（1964~ ），原名张纪保，山东兰陵人。进疆从军十余年。现居乌鲁木齐。中国作家协会会员。2005年参加《诗刊》社第二十一届"青春诗会"。出版《鲁南记》《惶然书》《坎土曼的春天》《石头上的毡房》《新疆诗稿》《在山顶和云朵之间》等诗歌、散文随笔集三十余种。

在黑暗中，我看见了火，像灵魂的闪光，
那条寂静的河流，水像夜一样冰凉。
我谨小慎微地贴着水面，不敢弄出一点声响，
我蹲在长满了芦苇和白杨树的浅浅的河滩。

望着黑夜里流淌的河水，我感到了孤独而又
恐惧，
这是一条故乡的河流，那一星星的光亮
从树丛里飞出，从河岸边游向漆黑的深处，
多么微小的火焰啊，燃烧着时间一样持久的
故乡。

现在，我重新回到了黎明的岸边——
从那些睡梦一样的回忆里。
多少年的时光啊，我从那个漆黑的夜晚
游到了沾满泪水的枕边

我看见了火，在黑暗中，找不见出处的微小
的火焰，
我分不清楚这是一场梦，还是一次真实的回
忆。

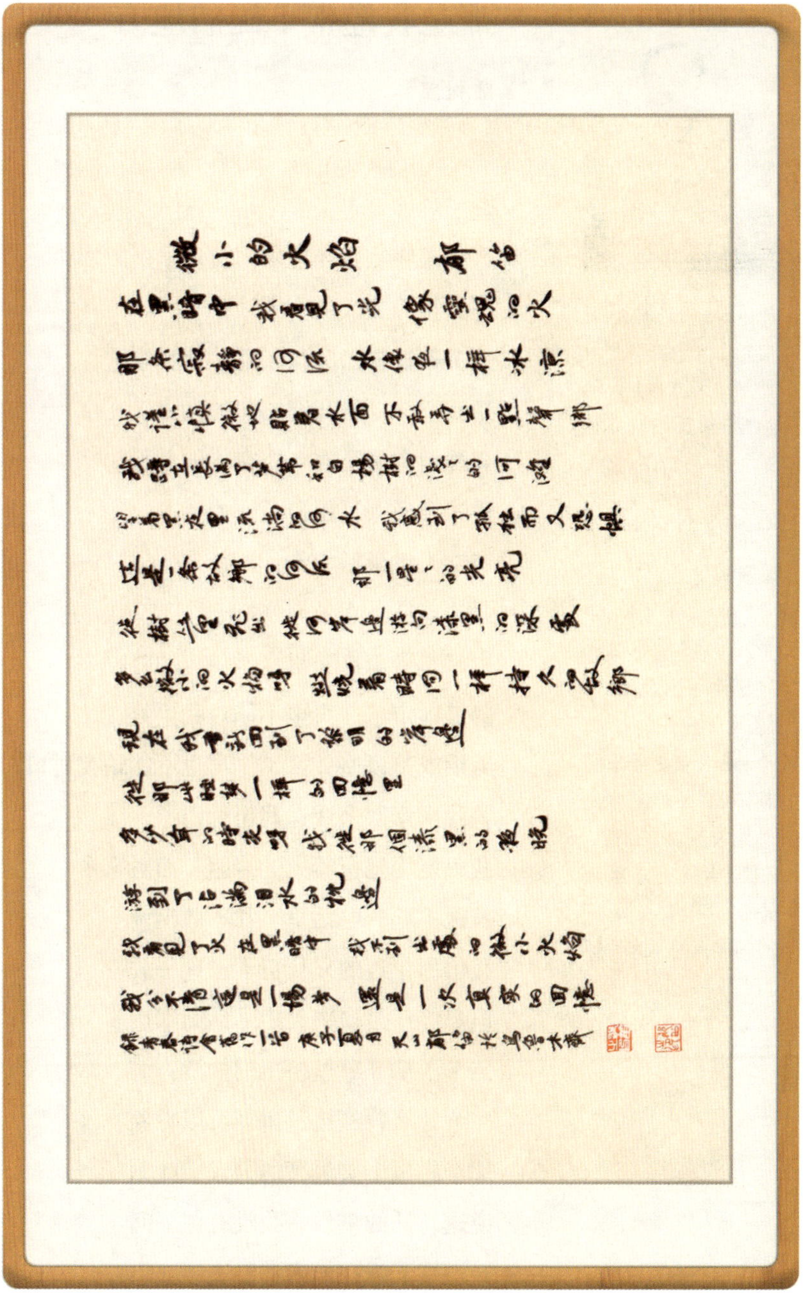
微小的火焰

那是我经常下跪的地方

陈树照

陈树照（1964~ ），河南光山人，现居佳木斯。中国作家协会会员。2005年参加《诗刊》社第二十一届"青春诗会"。迄今在《诗刊》《人民文学》《星星》等近百家报刊发表作品千余首。著有诗集《邂逅阳光》《梦在江南》《露水打湿的村庄》《远方》《空城》等五部。入选六十余种年鉴及选本。著有长篇历史小说《左宗棠收新疆》(合著)。2014年获徐志摩微诗歌奖等多项奖项，2016年入选博客中国"(1917—2016)影响中国百年百位诗人"。

嫂子静静地走了
这个来我家我才三岁　父母早逝
把我抚养成人的女人
这个不让自己和孩子吃　让我吃饱
送我上学　给我背书包的女人
静静地走了　在一个寒冷的冬天
没让我回去见她最后一面
留在人世最后一句：
"让老三　在外面好好干"
也就是带着这句贯穿她一生的叮咛
静静地走了　再也不能对我生气
流泪或是说些什么了　再也不能站在村口
等我探家回来或送我出远门了
我只能用她抚养大的身躯　面对家乡
长跪不起　电话里　我不敢出声
我怕那年迈的兄长挺不过这一关
但最终还是痛哭失声　话筒那边
传来了从牙缝里挤出的抽泣：
"为什么曾经揍过她"可以想象
那个村里个头最高的男人　此刻
说这番话的重量　我没有往下问
知道嫂子睡在母亲的身边

那是一块山清水秀　风中飘花的油菜田
也是我经常下跪的地方

那是我們希下跪的地方　第二十一届参會作品

嫂子静：她走了这闯来我家我才三戒父母早逝把我挖養成人的女人这個不

谁自愿和孤夕哭誘我奖飽送我上學拾我背书包的女人静，她走了在一個寒

冷的冬夕没读我过了见如飞後一题品在人世最後一句诺名文在外頭她好

幹也孤是寨着貴她一笙的可呼静…她走了再女不能對我生氣派波我

飘此什步了再也不能並在村口等我回家過来我送出連門了我只能用她挫

春天的身躯面對家卿…土頭子远兜涪袁我不敢出聲我的年速的兄长叔

不過這一莫但最乃還是卿見失聲　語窩卿逐傳來了山羊使衷持出

的抽谁为什麽音源接見地了以卧象卿個村衷個頭昂高的男人此

刻况这番話的重程我没款從不間知道腰子瞧在母親的身邊卿是一塊

山青水秀風个飘飞的油菜田也是我經常下跪的地方。

為紀念绝刊於青春诗會四十週年録拙作学習第三屆青春诗會作品一首

威在庚申年·初春 在全球 我云某魔话多班硼立麻 陈 相望书之

墨韵青春——"青春诗会"诗人精品手稿选

曹国英(1964~)，女，中国作家协会会员。全国首批"驻村诗人"。获"沂蒙新红嫂"荣誉称号。2005年参加《诗刊》社第二十一届"青春诗会"。2020年参加《诗刊》社第十一届"青春回眸"。部分诗歌被选入年度诗选、《新诗百年》等选本。《山脉系列》《山居日记》《母亲是一位采药山姑》《甜藕的空气》《浣衣》等组诗分别入选"硕士论文写作参考资料"、"高中语文测试卷"、《青年博览》《中文自修》等。有诗歌被翻译到国外。

一只蝴蝶

曹国英

暗绿远山连绵庄稼地

是什么在花香里蓦然不见了

看到卧佛

时光停下的时候

不要一直朝前

落在你头上的那些蝴蝶

每只都是一朵花的灵魂

繁花绚烂的夏天如梦飞走

晚秋，蝴蝶们都哪里去了呢

我发现这只蝴蝶时

还以为它在采蜜

走近一看

才知它已走完了生命的最后花季

覆以一触即落的尘

它于热爱的事物上

它于枯黄的花蕊上

永远离开了

九月节，露气将凝

它走的那夜必是凄凉

高僧说："它的涅槃已臻于完美，身心带

着微醉的芳香。"

如此的暗喻却像人类的伤痕

蝴蝶的离去带走了世间多少芳菲

一隻蝴蝶

曹四英

時緣連山連綿於花香又菊然不見了
是什麼彷彿時光停下的時候
不要一直翻的
　落在你頭上的那些蝴蝶
　每隻都是一朵花的靈魂
繁花絢爛的夏天如此多飛去

晚秋蝴蝶們都那麼美去了
我竟以為它在珍愛一朵
和它已走完了生命的最後花季
它復以一綱即落的愛
在熱愛的事物上

它曾枝头的花瓣上　永远辞别了

九月的脚路气将经

它走的那次必是凄凉

鸟儿低说它的温柔已终于完美

身心等寿候时的芳香

如此贴吻却像人类的伤痕

蝴蝶的离去带走了世间多少芳菲

缓慢地爱

唐 力

墨韵青春——"青春诗会"诗人精品手稿选

唐力（1970~ ），生于重庆大足。中国作家协会会员。2005年参加《诗刊》社第二十一届"青春诗会"。2006至2015年任《诗刊》编辑。现为重庆文学院专业作家。著有诗集《大地之弦》（入选"21世纪文学之星丛书"）、《向后飞翔》《虚幻的王国》《大地之殇》。曾获第四届重庆市文学艺术奖、首届何其芳诗歌奖、第三届徐志摩诗歌奖、储吉旺文学奖、十月年度诗歌奖等奖项。

我要缓慢地爱，我的爱人
当我坐在这个屋子里
我要缓慢地爱着这傍晚的夕光
从窗前移到窗台。我要缓慢地爱着
这些时间。我要把一小时换成
六十分，把一分换成六十秒
我要一秒一秒地爱你
就像我热爱你的头发，我也是
一根一根地爱，把它们
一根一根地从青丝爱成白发
而其他的人只会觉得，一瞬间
飞雪就落满了你的头颅
就像我在你的眼角，热爱你的鱼尾纹
我也用六十年的光阴，一丝一丝地
热爱。就像我们并排而坐
我们中间有零点五米的距离
我就会把它分成五百毫米，一毫米
一毫米地热爱。仿佛永远没有尽头
就像在艰苦的日子里，我爱你的泪水
我也是一滴一滴地热爱……

在我缓慢的爱中，我飞快地
度过了一生

缓慢地爱

唐力

我要缓慢地爱，我的爱人
当我坐在这个屋子里
我要缓慢地爱着这傍晚的夕光
从窗前移到窗台。我要缓慢地爱着
这些时间。我要把1小时换成
60分。把1分换成60秒
我要一秒一秒地爱你
就像我热爱你的头发，我也是
一根一根地爱，把它们
一根一根地从青丝爱成白发
而其他的人只会觉得，一瞬间
飞雪就落满了你的头顶
就像我在你的眼角，热爱你的鱼尾纹
我也用60年的光阴，一丝一丝地
热爱。就像我们并排而坐
我们中间有0.5米的距离
我就会把它分成500毫米，一毫米
一毫米地热爱。仿佛永远没有尽头
就像在艰苦的日子里，我爱你的泪水
我也是一滴，一滴地热爱……

在我缓慢的爱中，我飞快地
度过了一生

唐力 抄于 2020年1月2日.

秋 分

金所军

墨韵青春——「青春诗会」诗人精品手稿选

金所军（1970~　），生于山西原平。中国作家协会会员。20世纪80年代中期开始写作，发表诗文若干。2005年参加《诗刊》社第二十一届"青春诗会"。著有诗集《纸上行走》等数部。有诗歌入选《中国年度最佳诗歌》《北大年选》等诗歌选本。曾获赵树理文学奖等奖项。

秋分不是秋风
秋分被两滴露水夹在中间
前面是白露
后面是寒露
秋风在这天吹得有点凉

老父亲独自一人担着笭筐
把一只老死的绵羊葬在村外
十五年养大十二只小羊　夭折了十二只小羊
老绵羊死的时候一声不吭

苍老发灰的皮毛有点脏
两颗浑浊的泪
一条微跛的后腿
尾巴上变黑的印记
在秋风中变得僵冷

这天，父亲的心比秋风更凉
葬了老绵羊　父亲咳嗽了一声
担起一担结霜的柴草返回家中
走到半路歇息了一下
顺便把左肩的伤心换到了右肩上

秋 分

金铃子

秋分不是秋风
秋分被西瓜夹在小麦花中间
左面是白露
右面是寒露
秋风在这天吹得有点凉

老父亲独自一人担着羊圈
把一只羊羔和绵羊赶在圈外
抚摸着大十二只小羊
夭折了十二只小羊
老绵羊到山坡的时候一声惨叫

季节的皮毛和羽毛有些脆
两颗浑浊的泪
一束敏感的后腿
尾巴上盖黑的印记
在秋风中变得僵冷

这天，父亲的心的秋风更凉
薅了几根绵羊　父亲嘬唉了一声
担起一担结霜的庄稼走回家中
走到半路歇息了一下
顺便把左肩的伤心换到了右肩上

突然的云

王顺彬

王顺彬 (1958~)，重庆人。中国作家协会会员。2005年参加《诗刊》社第二十一届"青春诗会"。诗作入选《2005年度中国诗选》《2006～2010年中国诗歌精选》《改革开放30周年诗歌专集》等数十种选本和辞典，部分诗作被译为十四国文字发表。主要著作有诗集《带着大海行走》、《大地的花蕊》（英汉对译）、《大风从文字中吹过》、《记忆中的云》、《永不熄灭的红》、《突然想起了春天》等，小说集《苦难》，散文集《活法》。诗作获"情满巴渝·全国诗歌大赛"一等奖、郭沫若诗歌奖、《诗刊》社"新世纪十佳青年诗人"等多种奖项。

突然的云，移到我的脸上
乌黑，发亮
仿佛爱情的灰烬

我生平低洼，泥泞，难以理解云的名字
那些纯白，那些金红
那些深黄和淡紫，一朵朵
像我飘浮不定的问题

我在天空向四肢让步，我在大地
把草根抱紧
我不怕墨发似梦，向西夜夜飘扬

我的额上晴空很少，我的嘴唇饮够风雨
我怀念光线那一对对
洁白如雪的手，我在眼瞳的岛上
无数次放声痛哭

突然的云，再次突然把我惊醒
我打扫眼睑和睫毛
我希望我晴明，我高朗，一只光大的鹰
在两颊反复浮现……

墨韵青春——"青春诗会"诗人精品手稿选

突然的云

　　　　王顺彬

突然的云，移到我的脸上
乌黑，发亮
仿佛发情的友伴

我全神仪注，沉浮，难以理解
云的名字
那些纯白，那些金红
那些深黄和淡紫，一朵朵
像我索问浮不定的问题

我在天空向四服让步，我在大地
把草根抱紧
我不怕黑发似梦，向西夜夜飘扬

我的额上晴空很少
我的嘴唇饮够风雨
我怀念戈壁那一对对
洁白如雪的手
我在眼睛的鸟上
我数次放声痛哭

突然的云，再次突然，把我惊醒里
我打扫脸膛和睫毛
我希望我睛旺，我高朗
一只巨大的鹰
在西颊反复浮现……

悲伤总随着夜幕一起降临

邰 筐

墨韵青春——"青春诗会"诗人精品手稿选

邰筐（1971～ ），生于山东临沂。现居北京。2006年参加《诗刊》社第二十二届"青春诗会"。著有诗集《凌晨三点的歌谣》《徒步穿越半个城市》和随笔集《夜莺飞过我们的城市》。有诗入选《中国新诗百年志》《新中国六十年文学大系》等选本，并译成英文、俄文、日文等多种文字。曾获华文青年诗人奖、泰山文艺奖、诗探索·中国诗歌发现奖、草堂诗歌奖年度实力诗人奖、"蓝塔"诗歌双年奖、汉语诗歌双年十佳、2019名人堂·年度十大诗人等奖项。

悲伤总随着夜幕一起降临。
那些每天挤在回家的人群里，
木偶般面无表情的人。
那些每天在黑暗中摸索着上楼梯，
又找不到钥匙开门的人。
是什么一下子揪住了他们的心？

人只有在夜色中才能裸露自己的灵魂。
他们蘸着月光清洗眼中的沙子，
他们扯出身体里隐藏的乌云，
就像从破袄里扯出棉絮，而悲伤却总是
挥之不去。它有着尖细的嘴，它钻进你的肉里，
融入你的血液，并跟随着心跳走遍你的全身。

悲伤总随着夜幕一起降临
邻笛

悲伤总随着夜幕一起降临.
那些每天挤在回家的人群里,
才偶邂逅而无表情的人.
那些每天在黑暗中摸索着上锁孔,
又找不到钥匙开门的人.
是什么一下子抓住了他们的心?

人唯在夜色中才能观察自己的灵魂.
他们蘸着月光清洗眼中的沙子,
他们把半身球里隐藏的乌云,
就像从硝秋里抖出棉絮,而悲伤却总是
挥之不去。它有着尖细的嘴,它钻进你的肉里,
渗以你的血液,并跟随着心,跳走遍你的全身。

母水（长诗之二）

成　路

成路（1968~　），生于陕西洛川石头街。中国作家协会、中国文艺评论家协会会员。2006年参加《诗刊》社第二十二届"青春诗会"。著有诗集、诗学理论集、非虚构作品等十二部。荣获第二届柳青文学奖、中国首届地域诗歌创作奖、第八届中国·散文诗大奖、鲁迅文学奖责任编辑奖、延安市有突出贡献专家等奖项。

十二座城堡 * 的前膝跪进河
十二个姊妹捶打铜鼓上的蟒纹

鼓点掀起的风群
和英勇的死者把光埋进夯墙的体内
随即长出胚芽
就像灵魂让血液回流

铜鼓在响
祖母的马群的铃铛在响
戈上的铁，或者红
是千变万化地燃烧的火
是奉献的骨头
是我隔世守在马面上的兄弟

厚实的夯墙把箭矢、火弩、马匹、烽烟
堆起，放置进眼睛的尽头

----

* 内蒙古准格尔旗十二连城城墙伸入黄河。民间传说，此城为北宋时期杨家将佘太君率十二寡妇征西所筑。《元和郡县志》记载，十二连城始建于隋文帝开皇三年（583年）。

而我，和十二个姊妹
把河水扶起，把城堡扶起
沐浴岁月的慈光
就像英勇的死者倾听祈祷的颂词

墨韵青春——「青春诗会」诗人精品手稿选

母沙 （《洛节选之二》）

咸罕

十二座城堡里的剑陆续进河
十二个姊妹捶打铜鼓上的曙纹

数点散乱的风群
和莱剪的死者把光埋进夯墙的体内
随即长出瘦芽
就像灵魂让血液回流

铜鼓在响
祖母的马群的铃铛在响

墙上的锈，或者红
是千变万化地焚烧的火
里春献的骨头
是代隔世穿走了画上的兄弟

厚实的夯墙把剑朱，火骂，弓匠，焚烟

塔起，放置进眼睛的尽头

而我，和十二个姊妹
把河水扶起，把城堡扶起
沐浴岁月的慈光
就像英勇的死者倾听祈祷的颂词

————

① 内蒙古准格尔旗十二连城城墙伸入
黄河，民间传说，此城为北宋时期杨
家将宋方君牵十二寨妇征西的营，八元
和郡县志》记载，十二连城始建于隋文
帝开皇海（583年）。

墨韵青春——青春诗会·诗人精品手稿选

单永珍（1969~ ），回族，祖籍宁夏西吉。中国作家协会会员。2006年参加《诗刊》社第二十二届"青春诗会"。著有诗集《哞哞哗哗》等六部。曾获宁夏文学艺术奖、《飞天》十年文学奖等奖项。

有所谓

单永珍

日出。我紧紧攥住睡醒的葵花头
朝着夜晚的方向

早晨，葵头向西
正午，葵头向西

时间漫长得仿佛经历一场脑颅手术

暮晚，太阳夕照
我松开手。我坚信
此刻，葵头当向西

但当我松开手，惊讶地发现
向日葵黄金的脸盘转向东方
它艰难转向的瞬间
竟把我，疼出
一身冷汗

有所谓

軍水巧

日出，我果么攥住睡醒的蔬菜
朝着她娘的方向

晨，蔬頭向西
午，蔬水向西

時间漫長浮行伸缩历一場脆频手术

暮晚，夕照
我松开手，我坚信
此刻，蔬颓尚向西

但当我松开手，陈时发現
向日葵黄色的脸更轻向东方
它跟班轻向的瞬间
竟把我，蔬去
一身空呼

——盲君轻《绿泉》2020年1月号

那 年

商 略

那年冒大雪
前往小镇车站
为了追上将要离去的灵魂

路上的寂静
可以用积雪的厚度来衡量
我们踩出脚印
为了让更多雪花填满

像人走了以后
时光终会抹去他生活的痕迹
所以我们要有一个像样的
告别

在大雪中彼此端详
一张再也看不到的脸
寂静的大雪
有古意，也有仁慈

因为太寂静
再也装不下其他寂静
所以我们得记住
像记忆贮存了一块冰

商略（1970~ ），浙江余姚人。2007年参加《诗刊》社第二十三届"青春诗会"。获《诗刊》社2012年度诗人奖。出版诗集《南方地理志》《南方书简》及学术专著《有虞故物——会稽余姚虞氏古甓墓志汇释》（上海古籍出版社）。近年主要从事经学研究和古籍整理。已整理文献《宋玄僖集》《姚江诗综》（历代姚江诗人诗合集）。

那 年

商 略

那年冒大雪
前往小镇车站
为了遇上将要离去的灵魂

路上的寂静
可以用积雪的厚度来衡量
我们踩出脚印
为了让更多雪花填满

像人走了以后
时光终会抹去他生活的痕迹
所以我们要有一个像样的
告别

在大雪中彼此辨清
一张再也见不到的脸
寂静的大雪
有诗意，也有仁慈

因为太寂静
再也装不下其他寂静
所以我们得记住
像记忆贮存着一块冰

（《诗刊》2019年11月上半月刊）

父亲有好多种病

唐 诗

墨韵青春——「青春诗会」诗人精品手稿选

唐诗（1967~ ），本名唐德荣。重庆市荣昌区人。2007年参加《诗刊》社第二十三届"青春诗会"。1985年开始发表文艺作品。出版文集十余部，主编十余部。作品翻译成十余种外国文字。主编《中国当代诗歌导读暨中国当代诗歌奖》（2013~2014），获得国际最佳诗集奖。文艺作品先后获得重庆市文学奖、中国作家出版集团奖等奖项。

父亲，您身上有好多种病。一想到这里
我的泪水就不知不觉地淌了出来。父亲，您
身上
有红高粱发烧颜色，有水稻灌浆胀感
有屋后风中老核桃树的咳嗽……当我
看到您发青的脸庞，我感到，遍体的石头
都在疼痛
父亲，您身上有松树常患不愈的关节炎，有
笋子
出土的压抑，有从犁头那里得来的弓背走路
的姿势
当看到您眼中黯淡的灯盏，我就像您身上掉
下的
一根骨头，坐卧不安。父亲，您为什么有病
也不想治
您为什么总是忧愁时抽着烟，坐在郁闷里
为了替您买药，瘦弱的弟弟，把痛苦压低
10厘米
变卖了家里最后那头老水牛。而我住在白云
飘过窗口的城里，偶尔写点悠闲的小诗，却
常常
忽略了您一拖再拖的病，更没想到用我的

诗句

做您的药引。父亲，您只想苦熬着把疾病逼走
守着昏迷中的您，母亲哭得默不作声
父亲，红高粱说要治好您的发烧，老核桃树说
要治好您的咳嗽，水稻扬花的芬芳
会重新回到您的血管。父亲，现在，我正流着泪
为您写这首诗，我笔下的字，一粒比一粒沉
一个比一个重，像小时，您在老家弯曲的山道上
背着沉重的柴火和夕阳，一步一步地回家……

父亲有好多种病

唐诗

父亲，您身上有好多种病，一想到这里
我的泪水就不知不觉地淌了出来，父亲，您身上
有红高粱发烧时颜色，有水稻灌浆似的贫血
有屋后风中老病桃树的咳嗽……当我
看到您发青的脸庞，我紧到·通体的石头都在疼痛
父亲，您身上有松树常年不愈的关节炎，有蚕子
吐丝的丝织，有从犁头那里得来的干裂走路的发黄
当看到您眼中暗淡的灯盏，我就像您身上掉不的
一根雪火，坐卧不安。父亲，您为什么有病也不愿为
您为什么总是忧愁时抽着烟，坐在阴闷里
打了督您买药，瘦弱的弟弟，把猫羊卖跌了10公斤
卖掉了家里最后那头老水牛，而我住在白云飘过
窗口的城里，偶尔写点悠闲的小诗，却常常

忽略了您一般琐碎的病痛，更没想到用我的诗句

作您的药引。父亲，您只想着躺着把疾病通通

守着昏迷中的您，还有，哭得默不作声

父亲，红高粱说要治好您的发烧，老槐树说

要治好您的咳嗽，水稻荷花的芬芳

会重新回到您的记忆。父亲，现在，我在流着泪

写这首诗。我觉不到羊，一群群一群沉

一件件一件爱，像小时，您在老家弯曲的山道上

背着沉重的夕阳和紫禾，一步一步地回家……

原载《诗刊》2007.12.上半月刊 23届青春诗会号

蝴蝶效应

周启垠

周启垠（1969~　），出生于安徽六安。中国作家协会会员。2007年参加《诗刊》社第二十三届"青春诗会"。先后在《诗刊》《星星》《绿风》《诗歌月刊》《解放军文艺》《人民日报》《解放军报》等报刊上发表诗歌、散文、报告文学等作品。有作品荣获全国"乌金文学奖"、全军文艺新作品奖二等奖等奖项。出版诗集《鸽子飞过》《红藤》《激情年代》，散文集《心灵贵族》《平步山水》等多部。有作品入选《新中国70年优秀文学作品文库》《中国年度优秀诗歌》等多种选集。

穿越哲学的一只蝴蝶，美丽的翅膀

扇出亚马孙的一缕微风，到中国的高山村依然

能吹出一春天的花朵，那落地生根于安徽的花朵

让离别家乡的人，一年年穿越千万里的追寻

能看到颤动的花瓣，浮出亲切的茅草村庄

那原生的、单调的、寂静的

来来往往都是沾亲带故的村庄

最高处喧闹着土得掉渣的方言

而这方言，正是一个又一个人心里

盘结的根，而那蝴蝶，翩翩起舞

优雅地脱离爱德华·诺顿·洛伦兹的眼睛

飞越太平洋、大西洋、印度洋……过山的时候

是珠穆朗玛峰的侧翼贴紧了它的翼

漂亮地奏出一曲诗歌的和声

而再一次扇起的风，抵达挪威的森林

那一年五月我在森林的木屋里静默地打坐

我看见远处一片红瓦的房子点缀在大海与峰峦之间

被蝴蝶掀起的波浪，簇拥成人类跳跃的华章

我会心地微笑，握紧自己的手
不知道还有谁到底把我珍贵的分分秒秒偷走
当我坐回北京某个大楼朝北的十六层房子
那窗户外的阳光再一次迎接了蝴蝶
一天天我又看见它越过山丘，越过河流
越过白发与青春的肩头
它还是那么欢快地在飞动
我开始安静地回想风华正茂的时候

蝴蝶效应

月亮眠

穿越哲学的一只蝴蝶，美丽的
翅膀，扇出亚马逊的一场飓风
到中国的高山村，从丝绸吹出一
春天的花朵，那落地生根于安徽
的花朵，让高别紧多的人
一年年穿越寻寻寻觅
拾着到额动的花瓣，浮出来切的
茅草村庄，却原生的、朴拙的、宁静
的，未来往往都是沾亲带故人闯进
注，就会被喧哗着吐浮掉漫的轻
向远方着，路是一双一个人心里
重压的枷，马那蝴蝶，翻、扫郎
优雅地脱离着爱缘华，连续、泳住漩
的眼睛，心残来年洋，大海洋、的花洋
正四的时候，是哪种胡乱峰处到
翼 站累了它的翼
漂亮地奏出一曲汹涌的私声

当再一次有温柔的风，抚过挪威的
森林，那一年五月我在森林的木屋里
静静地打坐，我看见窗一棵红
色的房子，点缀在大海与峰峦之间
被蝴蝶有温柔的浪，簇拥成人类
欢乐的苹果
我会心地微笑，握紧自己的手

不知道还有谁到你把我托举到今……
种以待久，当我走四北京朝阳大桥
朝北的十六层房子
那窗户的阳光，再次迎接了
蝴蝶，一天天
我又看见它飞过山丘，飞过河流
飞过白发与青春的尽头
它还是那么欢快地在飞动
我依旧静静地同地风华正茂的时候

2020年五月北京.

与落日书

许 敏

许敏（1969~），安徽肥西人。中国作家协会会员。2007年参加《诗刊》社第二十三届"青春诗会"。有作品入选《新中国60年文学大系·60年诗歌精选》《〈诗刊〉创刊60周年诗歌选》《〈星星〉50年诗选》等多种选本。著有诗集《草编月亮》《许敏诗选》。曾获第二届中国红高粱诗、首届九月诗歌奖主奖、安徽文学奖等奖项。

秋阳的悲正在于此，风吹动这些
落叶的乔木、灌木，没有哀悼的气息
万物都在挣扎。你也在说服自己
拒绝走进冰凉的石头与文字
在粗大的篱笆中间，落日以另一种方式
存在，以一种近似神灵的方式；
生活，因此安静下来，你内心的
卑微，隐忍，疼痛——荒凉着，孤独着
你已走过金黄的盛年，细碎的光闪烁
风越来越紧，要将这尘世收走
你一个人在秋阳下谛听天籁，飘动满头白发
群山比想象中还瘦，拖着最后的烟尘来见你
舌头下的睡眠加深，河流舒缓宁静
透着优雅，而冰山是一座教堂
在远方矗立，它是世界的一只巨眼
也是你的前世，知晓所有已知事物的命运
一刹那，落日烧红了天际
彤红的圆盘，沉沉地坠下去
一直沉到你的心底，钟声撞击
雀鸟四散，你用整个一生都没有找回它们

灵隐寺的桂花落了一地

金铃子

金铃子(1969~)，女，原名蒋信琳，曾用名信琳君，重庆人。中国作家协会会员。诗人，绘画者。20世纪80年代末期开始发表诗歌。2008年参加《诗刊》社第二十四届"青春诗会"。著有诗画集七部。曾获第二届徐志摩诗歌奖等奖项。

灵隐寺的桂花落了一地
这黄，从寺的至深处发出
窃窃私语。我这个刚刚到来的俗客
听得仔细
它赠我诗句。赠我过去。赠我现在
我欣喜若狂
我鼓噪一声，发出虫鸣
仿佛两个隔世的亲戚，说了一宿
直到我暗自得意
说了句："一想到现在活得好好的
我就忍不住大笑了几次。"
它瞬间沉默。瞬间不见踪影

灵隐寺的桂花落了一地

灵隐寺的桂花落了一地

这首從寺的桂花落出
我这一剛三两耳的信宫聽得仔细
宫顯帆涛句隨我過起讓我起至
我化晷着飘壑一气发出声吗
而不随也叫就成戊了一宫
信旬
直到我暗自的意
從这句一匂而来左侏汩如三句
我要生在笑了又次白哗同风風
晞问六年陶孔
庚子百自山浅子

黑脉金斑蝶

李满强

墨韵青春——『青春诗会』诗人精品手稿选

李满强（1975~ ），甘肃静宁人。中国作家协会会员。2008年参加《诗刊》社第二十四届"青春诗会"。作品散见于《人民文学》《诗刊》《中国作家》《芳草》《星星》《飞天》等刊物，入选数种选本。出版诗集《画梦录》等三部，随笔集《陇上食事》。曾获甘肃黄河文学奖、《飞天》十年文学奖等多种奖项。

我曾豢养过老虎
野狼和狮子，在我年轻的时候
我以为那就是闪电、刀子和道路

不惑之年，我更愿意豢养
一只蝴蝶。它有着弱不禁风的身躯
但能穿过三千多公里的天空和风暴

漫长的迁徙路上，它们
瘦小的触须，每时每刻
都在接受太阳的指引

在我因为无助而仰望的时刻
黑脉金斑蝶正在横穿美洲大陆
仿佛上苍派出的信使

金脉黑斑蝶

　　　　　李荼子

我曾豢养过老虎
豺狼和狮子，在我年轻的时候
我以为那都是闪电，刀子和箭矢

不惑后，我更爱豢养
一匹蝴蝶。它稀薄得不堪风吹的躯体
但能飞越三千多公里的寒流和风暴

漫长的迁徙路上，它的
微小的触角和触须，每时每刻
都仿佛受到太阳的指引

在我困顿无助而绝望的时刻
金脉黑斑蝶正在横穿美洲大陆
仿佛上帝派来的信使

　　　　　　2018年

其实花朵也是星星

鲁 克

鲁克（1969~ ），本名
鲁文咏。祖籍山东临
沂，生于江苏东海。中
国作家协会会员。诗
人、小说家、剧作家、
书法家、摄影家、影
视编导。2008年参加
《诗刊》社第二十四届
"青春诗会"及第十届
《诗刊》社"青春回眸"
诗会。著有《桃花谣》
《稻谷深沉》《诗歌思
维》等文学著作五十
余种，多次获全国奖。
作品入编中小学课外
教材。

其实花朵也是星星
亿万年约等于一个季节
星星亮过，花开过
一如这浩渺宇宙我们来过

其实泪水也是海洋
无穷苦涩约等于小小感伤
海洋哭过，泪流过
一如这苍茫世界我们爱过

其实花朵也是星星
应当手拉着长成一个季节
星星民间泛着铜
一如草油乘再我们来铜

其实泥土也是海洋
思念泛滥约着在小城
海洋呎涌流渡涌
一如草屋笑送走我们爱又

庚子新春潘昆鑫书共恒垾

黄河十八拍之第八拍

韩玉光

墨韵青春——"青春诗会"诗人精品手稿选

韩玉光(1970~),生于山西原平。中国作家协会会员。2008年参加《诗刊》社第二十四届"青春诗会"。出版诗集《1970年的月亮》《捕光者》等。

黄土上活着的人
最终会成为黄土
在黄河中死去的人
会成为河水的一部分
我总是渴望自己
一半给予黄土
一半给予黄河
我祈祷河神,希望她
将我一分为二
一个,将吃掉的粮食长出来
一个,让喝掉的水重新流动

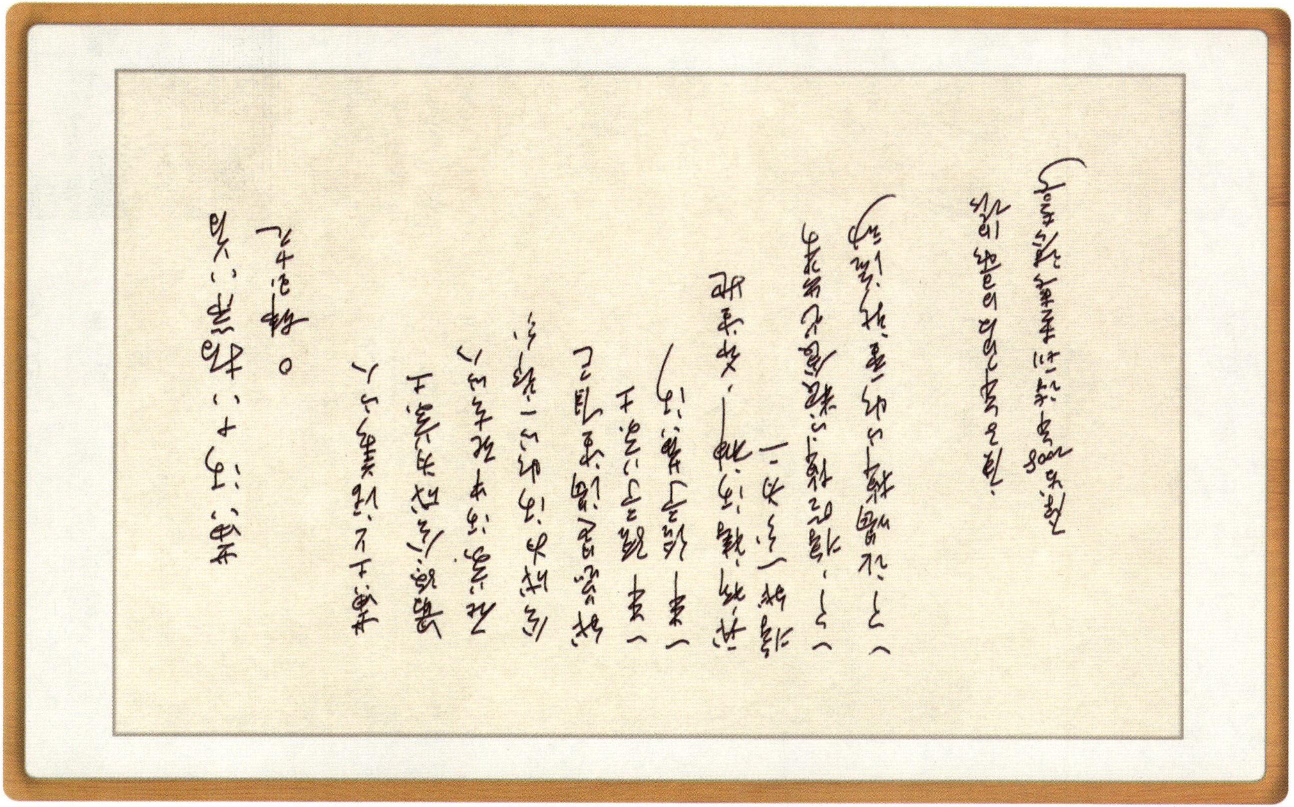

风过耳

阎　志

墨的青春——"青春诗会"诗人精品手稿选

阎志（1972~　），生于湖北罗田。卓尔书店、卓尔公益基金会创始人。中国作家协会会员。2008年参加《诗刊》社第二十四届"青春诗会"。出版《少年辞》《大别山以南》《挽歌与纪念》《少年去流浪》《武汉之恋》等十多部文学作品。获《诗刊》社2008年诗歌大奖赛一等奖、2007年度中国诗潮奖、第二届徐志摩诗歌奖、第五届湖北文学奖、第八届屈原文艺奖、2015年冰心儿童图书奖、韩国《文学青春》国际文学奖等奖项。作品被译为英文、日文、韩文等多种文字。2008年至今，主持《中国诗歌》的编辑出版，同时设立了"闻一多诗歌奖"。

我要在故乡的
群山之中
修一座小庙
暮鼓晨钟
与过去再也不相见
原谅了别人
也原谅了自己

佛经是很难读懂了
大多数的功课
只是为孩子们和
所有善良的人祈福
闲时
看一株草随风摇曳或者
倔强地生长
有风经过时
檐下的风铃肯定会响起
才记起看看
山那边的故乡
依然会让我怦然心动
那就再多诵几遍经吧
直至风停下来

风过耳

我曾在故乡的
群山之中
修一座小庙
晨钟暮鼓
与世无争也不相见
度得了别人
也度了自己

佛经早随水流走了
大多数的功课
只是为娃娃们祈福
为善良的人祈福
闲时
看一排排香陪风摇曳又吉
淡淡的北
有风来时
塔下的风铃总会响起
拴住寂寞山那远的树了
你若会此此好想心动
那就多消几遍吧
直到风停下来.

2017. 10. 3. 于大理山

杨方（1975~ ），女，出生于新疆。现在浙江生活。2008年参加《诗刊》社第二十四届"青春诗会"。作品发表于《人民文学》《十月》《当代》《诗刊》等刊物。有小说入选《小说选刊》《中篇小说选刊》《中篇小说月报》《2012年中国中篇小说精选》。曾获《诗刊》青年诗人奖、第十届华文青年诗人奖、第二届扬子江诗学奖、浙江优秀青年作品奖等奖项。

燕山之顶

杨 方

多么突然，当我站在崖边

和一朵金莲花一样惊惧，颤抖，屏住了呼吸

我怕一失足，就跌落茫茫云海

此时连绵的群山在云雾中只露出孤岛一样

的山尖

神一口一口，吹蒲公英一样将云朵吹散

它们飘落远山，又群羊般汹涌而来

如果退后一步，跨过那丛荨麻草和乱石堆

抬头就是另外一重天，阳光透过云层照射

下来

四周充满明亮而冷冽的空气

风从肋间穿过，像吹响一支颤音的骨笛

有人在云端抚琴，管弦和丝乐都是天上曲

有那么一霎，我不知道自己为什么站在这里

上不着天下不着地，从此忘了人间，也情有

可原

我确信这重天之后定有另一重天

飞走的白鹤，消散的亲人，露珠和冷霜

以及不知所终的落花跟流水，都将停留那里

而我为了追寻，一生都在盲目地乱走

现在我只是短暂地停顿，在燕山之顶

低头看见了生命、爱情、功名

三十多年的风花和雪月，流云一样飞逝

我在尘世安身立命的小院，这个夏天结出了蛛网

茑萝寂静，空心菜开出白花，荒草高过海棠和榆叶梅

我曾那么牵挂的人、在意的事，变得缥缈、虚无

仿佛从不曾牵挂和在意，不曾和我有丝毫的关联

而当我转身离开，泪水忍不住滴落下来

我看见自己正走向青灰的暮年，哀伤的往事

燕山之巅　　　　　杨方

多么突然，当我站立崖边
和一朵金莲花一样惊慌，屏住
了呼吸
我怕我一失足就跌落茫茫云海
此时连绵的群山在云雾中孤岛一样
只露出山尖
神一口一口，将云朵吹散
它飘落远山，又群羊般回来
如果退后一步，穿过那丛荨麻草
抬头就是另一重天
阳光透过云层照射下来
而周围满冷冽的空气
风从耳间穿过，像吹响一支
颤音的骨笛
有人在云端抚琴
管弦和丝乐都是天上曲
有那么一刹，我不知道自己
为什么站在这里
上不着天，下不着地
从此远了人间，也情有可原

我确信这重天后还有一重天
陡峭的台阶，来散的行来人
露珠和冷霜
以及不知所终的落花流水
都将停留那里
而成为了追寻
一生都在盲目的奔走
现在我只是短暂的停顿
在燕山之顶
低头遇见了生命，爱情，功名
三十多年的风花和雪月
流云一样飞逝
我在半世安身立命的小院
这个夏天结出了蛛网
芳草寂静，空心菜开出白花
蓖麻高过屋檐和榆叶梅
我爱那么牵挂的人 在遥远事
变得稀少，虚无
仿佛从不曾在意和牵挂，不曾和我
有关联，而当我转身离开
泪水迟迟不肯滴落下来
我看见自己正由白渐灰的暮年.
宴你的往事

张作梗（1966~　），湖北京山人，现居扬州。中国作家协会会员。2008年参加《诗刊》社第二十四届"青春诗会"。作品散见《花城》《人民文学》《中国青年报》《诗刊》《工人日报》《星星》《作品》等报刊。曾获《诗刊》年度诗歌奖、《文学港》杂志储吉旺文学奖等奖项。

坐在大自然中写诗

张作梗

这是巴颜喀拉山北麓。毫无疑问，
如果我继续坐在这儿写作，雪水融化的
声音就会落进诗中……
一整天，头顶上有影子在飞越，
而抬起头来，又发现什么都没有。

我是一个人？嗯。写诗就是一个人的事。
就是将一个人隔离，挪移到某个
人迹罕至的所在，
去接受大自然的训导和教诲。
——在那儿，就连最细微的荆棘缝隙，
也有着宽阔的视界。

此刻，我坐在巴颜喀拉山北麓一片茂密的
丛林中。鹰俯冲而下带来陡峭的
天空。时空压缩得如此小，
仿佛只要伸手，我就能将冰川提成一盏
轰鸣的灯。而稿纸在脚下移动，
提醒我写诗是一件促成
大陆板块漂移的事情。

我脱下穿了三十几年的平原，第一次，

坐在如此高远的地方写诗。
词语粗粝的呼吸混合高海拔的风，
摇撼着手中的笔。我把赭红色的岩石
灌注到诗中；我把一条河的源头迁移到
诗中。写诗，就是遵从并暗合自然的
节拍，在万物中找到自我的存在。

坐在大自然中写诗

结作栋

这是巴颜喀拉山北麓，宽窄难询，

你来我继续坐在这儿写作，雪水消融的

春意融会进诗中……

一群云，头顶上有影子在飞越，

而抬起头来，又发现什么都没有。

我是一个人了吧。写诗就是一个人的事。

就是择一个人隔离，挪移到某个

人迹罕至的所在，

去接受大自然的训导和教诲。

一会儿，那些最细微的山溪和森林涟漪，

也植宽阔的凝视界。

此刻，我坐在巴颜喀拉山北麓一片茂密的

丛林中。鹰依附原下带来了连峰的

天空。晴空尾绪浮处此子，

仿佛只要伸手，我就能将咏叹捧成一盏

春鸣的叶丁。手稿纸在脚下移动，
提醒我：写诗是一件促成
大陆板块漂移的事情。

我脱下穿了三十八年的手厚，第一次，
坐在如此遥远的地方写诗。
词语摊碎的呼吸混合着高速拔风，
摇撼着手中的笔。我把蓝绿色的岩石，
灌注到诗中；我把一条河的源头迁移到
诗中。写诗，就是遵从黄昏各自的
节拍，在万物中找到自我的存在。

（2015，扬州）

一只斑鸠

张红兵

张红兵（1968~ ），山西黎城人，现居山西晋城。业余写诗。2008年参加《诗刊》社第二十四届"青春诗会"。获得《诗刊》社"绿色伊春——红松杯"全国诗歌大奖赛优秀奖等奖项。在《诗刊》《诗歌月刊》《诗选刊》《诗探索》《中国诗歌》《山西文学》等刊物发表诗歌。诗作入选《2011中国年度诗歌》《中国当代诗歌选本》《2012中国诗歌精选》《2012中国年度诗歌》等诗歌选本。有诗集《十年灯》出版。

和我开门几乎同时，它振翅飞走了
那感觉像是从我的怀中飞出去一样
又仿佛是我亲手放飞的一只风筝
只是这风筝没有线，或者说线无限长
我站在门前愣了大约半分钟
内心又遗憾又惊奇

一只斑鸠，一大早就在我的院子里觅食或者
散步
它是那样安静，我根本没有听见它的
降落声和脚步声
仿佛就住在我的院子里，和我是一家人

一只受到惊吓的斑鸠，带着小小的慌乱
它一下子就触到了早晨的云天和阳光
有那么半分钟，我愣在那里
有那么半分钟，我内心空落落地
愣在那里

一只斑鸠

张红兵

和我开门几乎同时，它振翅飞走了
那感觉像是从我的怀中飞出去一样
又仿佛是我亲手放飞的一只风筝
只是这风筝没有线，或者说线有无限长
我在门前愣了大约半分钟
内心又遗憾又惊奇

一只斑鸠，大早晨就在我的院子里觅食或散步
它是那样安静，我根本没有听见它的降落声和脚步声
仿佛就住在我的院子里，和我是一家人

一只受到惊吓的斑鸠，带着小小的慌乱
它一下子就触到了早晨的云天和阳光
有那么半分钟，我愣在那里
有那么半分钟，我内心空落落地
愣在那里

原作发表于《诗刊》2008年12期下半月刊
抄于2020年6月20日

走西口

王文海

王文海（1972~ ），山西朔州人。中国作家协会会员。2008年参加《诗刊》社第二十四届"青春诗会"。1986年开始发表作品，迄今在《诗刊》《人民文学》《中国作家》等两百多家报刊发表作品三千多首(篇)。出版有诗文集六部。曾获全国"乌金文学奖"、《山西文学》年度诗歌奖、《黄河》年度诗歌奖、《广西文学》年度诗歌奖、第五届赵树理文学奖等百余项奖项。

允许你比我的衣服更单薄一些，西风削肩

精简成汉字里最孤独的一个偏旁

青草在前，野花在后，中间是我们遗弃的
拐杖

茅草屋塌了，在你走后的第二个春天，连
布谷鸟都不叫了

我守着你的背影取暖，蜿蜒的清贫如晨钟
暮鼓撞击生活

和口外的月亮相比，咱家院子上面的更大
一些

努力地向北眺望，我的前世就是一块不肯
归降的石头

直至风化，为了把心事晒干，放到高处

高处有一个人的自由，或者寻找，或者坚守

没有什么可以浪费，在你把我叫作风之前

走西口

允许你的衣服比我更单薄一些，西风削肩
精简成汉字里最孤独的一个偏旁

青草在前，野花在后，中间坐我的造亭的拐杖
茅草屋塌了，在你走后的第二个春天，连布谷鸟都
不叫了

我守着你的背影取暖，蜿蜒的清贫如晨钟暮
鼓摇我生活。

和口外的月亮相比，咱家院子上面的更大一些
努力地向北眺望，我的前世就是一块不肯归
降的石头

直到风化，为了把心事晒干，放到高处
高处有一个人的自由，或者出走，或者坚守。

                                    王文海

青花瓷，秋天

李成恩

墨的青春——"青春诗会"诗人精品手稿选

李成恩（1983~　），女，生于安徽灵璧，现居北京。中国作家协会会员。2009年参加《诗刊》社第二十五届"青春诗会"。著有诗集《汴河，汴河》《春风中有良知》《池塘》《高楼镇》《酥油灯》等，随笔集《文明的孩子》《写作是我灵魂的照相馆》等十多部，另有《李成恩文集》（多媒体十二卷数字版）。曾获得首届屈原诗歌奖、首届海子诗歌奖、台湾叶红全球华文女性诗歌奖、柔刚诗歌奖、中国当代诗歌奖、《诗选刊》年度先锋诗歌奖等奖项。其部分作品已被译成英文、法文、德文等。

光线从绿树冠越过，照射青花瓷的细腰
逻辑静止，秋水恬淡

我迷恋唐朝，研读女红
对财务也情有独钟，在秋天伸出懒腰

懒腰闪烁，秋虫细碎
我端茶倒水，养了一盆翠竹、两只绵羊

困顿是有的，但清醒的时候
我进入青花瓷烧制的工厂，简直是梦游

秋天也是梦游，山冈上冒出的动物
跑过来跑过去，与青花瓷瓶拥挤在一起
我的前额光洁，手指如竹
打扫庭院，树上的红果坠落，我一惊一乍

自然界的变化不是我心灵的变化
今夜月亮坠落时天地的暗淡一下子控制了我

我相信劈开的木柴里藏着的青花瓷瓶
是我的所爱，也是我值得赞赏的秋虫

青花瓷伸长脖颈，修长的逻辑
像女红，像财务，清淡而陌生

青花瓷，秋天

李放

光线从绿树冠越过，照射青花
瓷的细腰
逻辑青乱，秋水悠淡

我迷恋唐朝，研读女红
对财务也情有独钟，在秋天
伸出懒腰

懒腰闪烁，秋虫红用孬
我端茶倒水，着小盅碧竹，
两只绵羊

问题是有的，但清醒的時候
我进入青花瓷烧制的厂，简直是难的
秋天也是等味，山前上冒出的动物
跑过来跑过去，与青花瓷器拥抱在一起

我的敵客老法，手持如竹
打扫庭院，柱上的红军坠落，我一惊一乍

自然界的变化不是我心灵的变化
今夜月亮坠落時天地的晦炎一下子抑制住我

我相信寺示的木棉里藏着的青花瓷瓶
是我的所爱，也是我值得赞美的秋女

青花瓷伸长脖颈，修长的逻辑
像如红，像财务，清炎而陌生

津渡 (1974～)，本名周启航。湖北天门人。2009年参加《诗刊》社第二十五届"青春诗会"。作品散见于《人民文学》《诗刊》《中国诗人》《诗歌月刊》《文学界》等。著有诗集《山隅集》《穿过沼泽地》《湖山里》，儿童诗集《大象花园》，散文集《鸟的光阴》《草木有心》等。

两个我

津　渡

我母亲只生下过我一次
我一生要写两辈子的诗

在酒精里我与我搏斗
在镜子里我伪装死去

肉体在床榻上忍受鞭笞
灵魂却轻轻跳出了窗子

我从扉页上开始
在封底与我巧遇

百年前另一个我替我活着
百年后我替另一个我去活

我活着是为了见证我的多余
我死去后人们会传说我活着

两个我

我母亲只生下过我一次
我一生要写两辈子的诗

在酒精里我与家搏斗
在镜子里我伪装死去

肉体在床榻上忍受鞭笞
灵魂却轻轻跳出了窗子

家在扉页上开始
在封底与我巧遇

一百年前另一个我替我活着
一百年后我替另一个我去活

我活着是为了见证我的多余
我死后人们会传说我活着

津渡作
二〇二〇年五月抄录

秋日边境

黄礼孩

墨韵青春——「青春诗会」诗人精品手稿选

黄礼孩（1975~ ），广东徐闻人。《中西诗歌》杂志主编。2009年参加《诗刊》社第二十五届"青春诗会"。出版诗集《我对命运所知甚少》、《给飞鸟喂食彩虹》(英文版)、《谁跑得比闪电还快》(波兰文版)，舞蹈随笔集《起舞》、艺术随笔集《忧伤的美意》、电影随笔集《目遇》、诗歌评论集《午夜的孩子》等多部作品。1999年，创办《诗歌与人》。2005年，设立"诗歌与人·国际诗歌奖"。2008年创办"广州新年诗会"。曾获2014年凤凰卫视"美动华人·年度艺术家奖"、第八届广东鲁迅文学艺术奖、第五届中国赤子诗人奖等奖项。

直到秋日，我才看清时间的面容
果实的花蒂
摇摆旅途的影子
过去的，现在的，无所适从的
从大海的斜面
连接没有边际的生活
那里杂草丛生，好天气不多
你在暗处起舞，夏天已经越过
多雨的季节
你在经历异乡人的冒险
几次改变回家的念头。那里草原明丽
没有角落，也没有边缘
你携带的爱，多了一些迟疑

秋日边境

黄礼孩

直到秋日，我才看清时间的面容
果实的花蒂
摇摆旅途的影子

过去的，现在的，无所适从的
从大海的斜面
连接没有边际的生活

那里杂草丛生，好天气不多
你在暗处起舞，夏天已越过
多雨的季节

你在经历异乡人的冒险
几次改变回家的念头。那野草木明丽
没有角落，也没有边缘
你摇草的爱，多了一些迟疑

2009第二十五届青春诗会

墨韵青春——"青春诗会"诗人精品手稿选

横行胭脂(1971~　)，女，本名张新艳，出生于湖北天门。中国作家协会会员。2009年参加《诗刊》社第二十五届"青春诗会"。曾在《人民文学》《诗刊》《花城》《北京文学》《小说月报》《星星》《青年文学》《光明日报》《作品》等百余家报刊发表诗歌、散文、小说、评论两百万字。曾获中国年度先锋诗歌奖、第三届柳青文学奖、陕西青年诗人奖等奖项。诗集《这一刻美而坚韧》入选"21世纪文学之星丛书"。

今日歌

横行胭脂

今日青山隐隐　河流唱歌　大风去向高原
今日花朵摆脱了生育的形状　蝉从唐朝的
茧子里爬出来

今日我决定带上三倍的灵魂去散步
请提供教堂　野花　洒满太阳光粒儿的原野

请提供一只有理想的毛驴　请提供一百个
劳动者
苦涩的地址　一百个新鲜的信封

今日我去问候大地上的那些人　还有那些事
麦子紧密　果实夸张　我去感谢天空降低
了它的乳房

今日我去告诉一个人　你即使有万里河山
你也不是英雄　如果你没有内心惆怅的美
斑驳的忧伤

今日　对于时间　对于空间　我是有用的
时间在我身上流淌　我像一个最好的词语
嵌在生活里

今 日 歌

今日青山隐隐 河流唱歌 大风去向高原
今日花朵摆脱了生育的形状
蜂从昨朝的茧子里爬出来
今日我决定带上三倍的灵魂去散步
请提供教室 野花 撒满太阳光粒儿的原野
请提供一匹有理想的马驴
请提供一百个劳动者
苦闷的地址 一百个新鲜的信封
今日我去问候大地上的那些人 还有那些事
麦子紧密 果实夸张
我去感谢天空降低了它的乳房
今日我去告诉一个人 你即使有万里河山
你也不是英雄 如果
你没有内心煦煦的莫驳王驳的忧伤
今日,对于时间 对于空间 我是有用的
时间在我身上流淌
我像一个最好的词嵌在生活里

横行胭脂抄青春诗会诗一首

2020.6.21

空 城

丁一鹤

丁一鹤(1970~)，生
于山东诸城。中国作
家协会会员。2009年
参加《诗刊》社第二十
五届"青春诗会"。已
发表作品八百余万字。
获金盾文学奖、"三个
一百"原创作品奖、优
秀畅销书奖等六十余
项作品奖。著有《清网
行动》《飓风行动》《东
方白帽子军团》《东方
黑客》等作品三十余
部。《东方黑客》《飓风
行动》被改编为影视作
品。作品入选《新中国
70年文学丛书》等多
种选本。

诸葛亮正在城楼

轻抚琴弦　坐观山景

只听得城外乱纷纷

司马懿的大军在岁月的烟尘中

呼啸而至

琴声让草木点头

风头静止

万马千军齐喑

清越啊超拔　纯粹啊高大

琴声是如此宁静

踏尘而过的马

咆哮低吼的士

岌岌可危的城

还有我单纯的倾听

老兵卒在扫自家的门前

他要煮酒宴客

把酒话桑麻

万马奔腾中
一缕琴声有多大
它的穿透力
撞击着我的胸膛

天籁　人间不闻
熔化钢铁和欲望

秋风阵阵吹进窗
好像琴声在歌唱
高墙万仞啊
是一张风中的薄纸
一声琴音
就是千军万马

危城之外　谁人计数
鹅毛扇摇白了多少骨殖
而这万里江山　既不姓诸葛
也不是司马家的

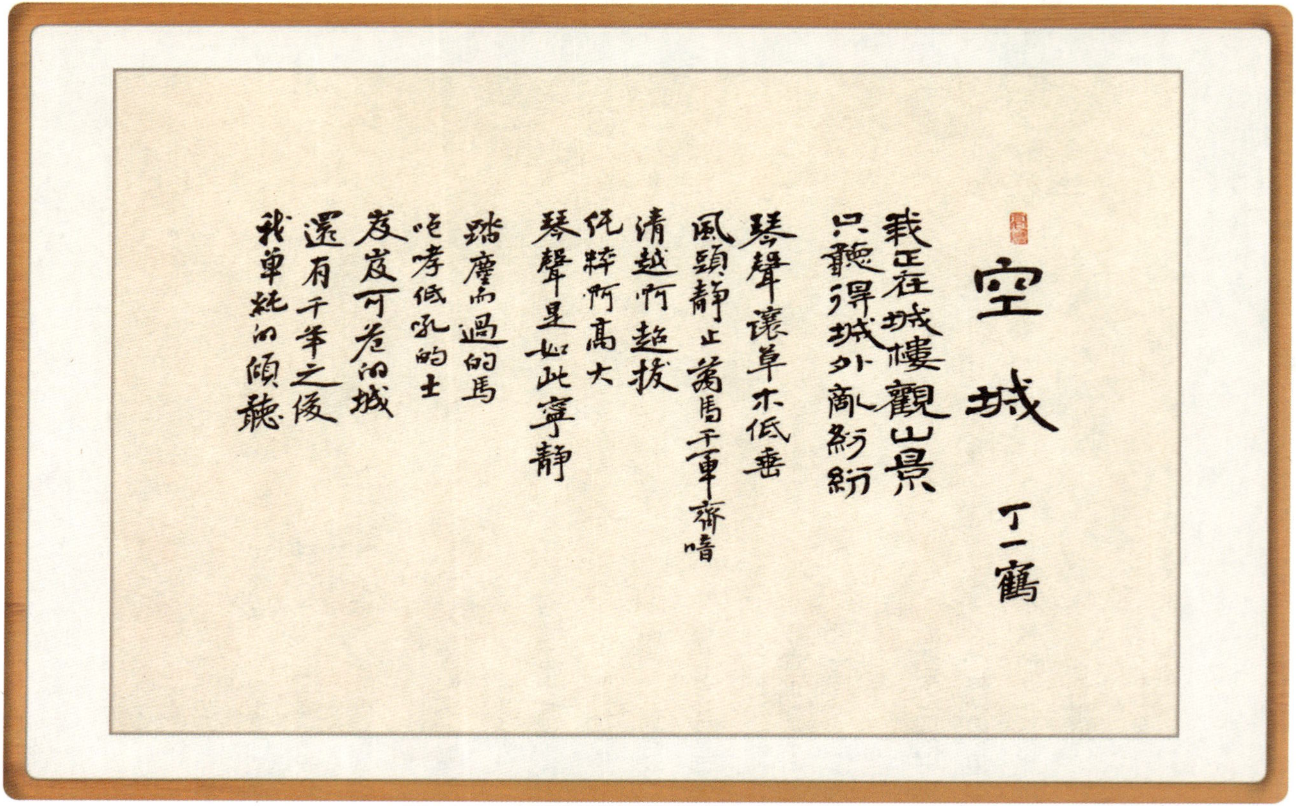

空城

丁一鶴

我正在城樓觀山景
只聽得城外亂紛紛
琴聲讓草木低垂
風頭靜止萬馬千軍齊喑
清越而超拔
純粹而高大
琴聲是如此寧靜
踏塵而過的馬
叱哮低吼的士
岌岌可危的城
還有千年之後
我單純的傾聽

瑤琴三尺勝雄師
諸葛西城退敵時
十五萬人回馬處
土人指點到今疑

原戴詩　己丑二〇〇九·十二　一鶴

谢荣胜（1970~ ），生于渭水之滨陇西，现居五凉古都大凉州。中国作家协会会员。2009年参加《诗刊》社第二十五届"青春诗会"。出版诗集《雪山擦拭的生活》《在河之西》。

甘肃石窟

谢荣胜

麦积山　炳灵寺　天梯山　敦煌石窟

秦岭　祁连　鸣沙的路上

渭河　黄河　黑河

大地湾　丝绸路

唐僧　胡人　西夏

羊皮筏子　皮影戏　河西宝卷

都在他们的浸润中

每座石窟都有自己的方言

每道钟声都有自己的故乡

他们教给我

面对沉重的生活和无奈的命运

学会宽容、沉默和说"不"

人生和生活的高峰

总是隐入最温柔的部分

甘肃石窟 谢荣胜

麦积山炳灵寺天梯山敦煌石窟秦岭祁
连鸣沙的路上渭河黄河黑河大地湾丝绸
路唐僧胡人西夏羊皮筏子皮影戏河西
宝卷都在他们的浸润中每座石窟都有
自己的方言每座钟声都有自己的故乡他
们教给我面对沉重的生活和无奈的命运
学会宽容沉默和说不人生和生活的高
峰总是隐入最温柔的部分

安魂曲

慕 白

慕白（1973~ ），生于
浙江文成。2010年参
加《诗刊》社第二十六
届"青春诗会"。有作
品在《诗刊》《人民文
学》《中国作家》《新华
文摘》《十月》《读者》
《星星》等报刊上发表。
诗歌入选多种年选。
曾获《十月》诗歌奖、
红高粱诗歌奖、华文
青年诗人奖、浙江省
优秀文学作品奖、中
国好诗榜上榜作品等
奖项。著有诗集《有谁
是你》《行者》《所见》
等。

雨下了一夜
已淋不湿他

某某，某某某
墓碑上
有些名字开始模糊

他曾经在我们中间
他应该是个好人
不知道活得好不好

在生前
他可能胆小
他或许晕血
他甚至恐高

现在他不怕人评说
活着的功过
只是踩死一只蚂蚁
他肯定也有过爱情

和亲人们一起

埋骨青山

他没有恨

眼睛闭上的时候

他宽恕了这个世界

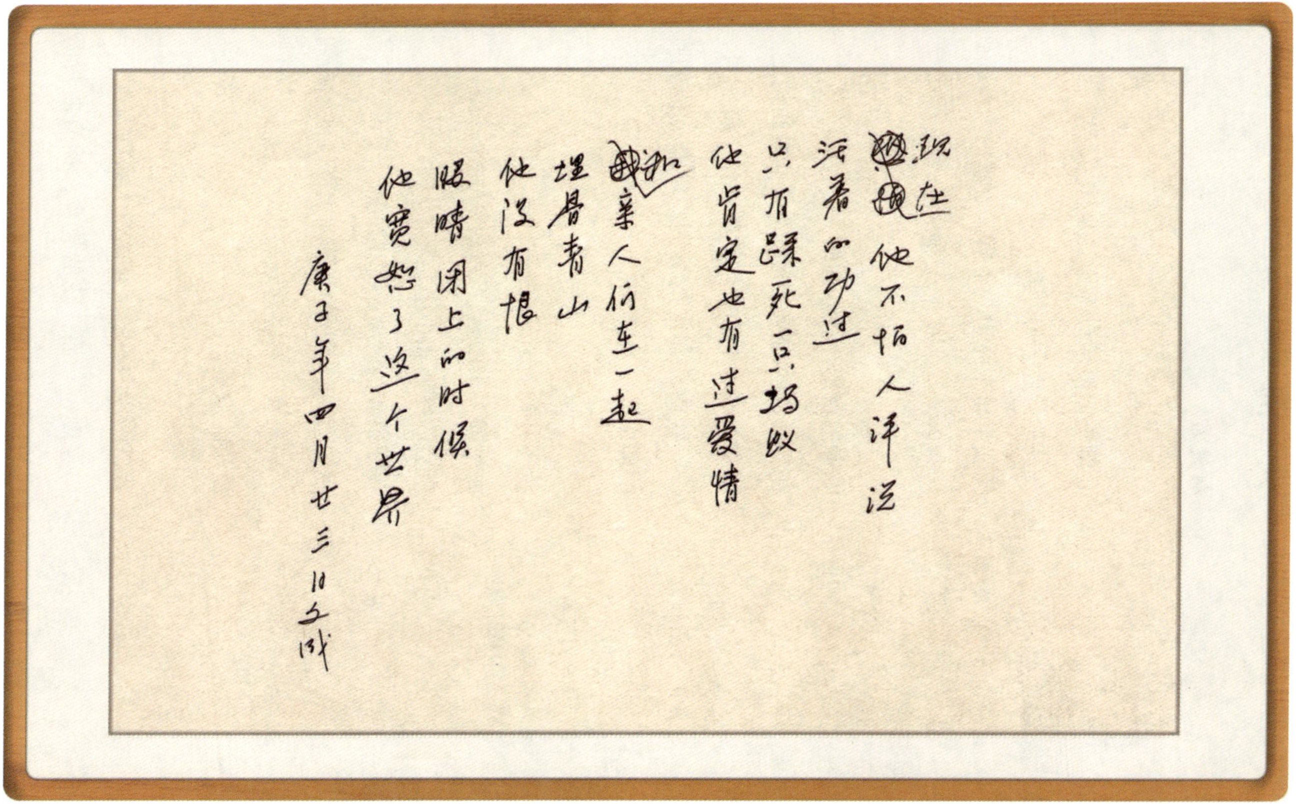

他不怕人评说
活着的功过
只有踩死一只蚂蚁
他肯定也有过爱情
亲人们在一起
埋着青山
他没有恨
眼睛闭上的时候
他宽恕了这个世界
庚子年四月廿三日又识

大　海

柯健君

墨的青春——"青春诗会"诗人精品手稿选

柯健君（1974~ ），生
于浙江台州黄岩。中
国作家协会会员。2010
年参加《诗刊》社第二
十六届"青春诗会"。获
《诗刊》社 2010 年度
诗歌奖。在《诗刊》《人
民文学》《天涯》《星星》
《北京文学》等报刊发
表诗歌、随笔五百多首
(篇)。出版诗集《呼吸》
《我们一直坐到天黑》
《蓝色海腥味》《海风
唱》《大地的呢喃》《嘶
哑与低沉》。

我倒出血液灌满海水，身体里
激荡盐的歌——粗糙。咸。腥
像我来自东海边一个僻远小镇的口音，硬朗
却有着滩涂一样的秉质

咳嗽的渔船。微颤的码头。轻晃的苇丛……
在我心跳的周围，有着一群为爱拼搏的
朋友，有着不知疲倦歌唱的鱼、虾和贝
——我内心甜蜜的灯盏，是靠近他们唯一
的理由

我还有赞美的理由——
海平静下来的蓝，能涂抹大地的荒凉
生活的疼痛和小小咒骂
我知道我的唏嘘是即逝的风
我知道我对幸福的渴望有着涨潮般的推涌力
一滴海水，能轻易砸碎我
泛滥的欲望

我试图用内心的触角丈量大海的宽度
与深度——而，我的故乡，拥有曲折海岸
线的台州湾

是我的左心室，还是右心房？

夜幕下，或晨晖中，大海是一本厚厚的乐谱

船只，几个陈旧的重音

斜阳在海面上轻轻下舒缓的和弦

浪涛的音质里蕴藏着冷静的春天

——只是，我该把钢琴安放在哪个角落

才能把内心弹奏到最宽广的音域，把生活飙到

最高的八度音

大　海

拓德累

我倒起血液灌满海水，身体里
激荡着的歌一粗犷，威，腥
像我来自东海边一个偏远小镇的口音，硬朗
却有着滩涂一样的束质

咳嗽的渔船，微颤的码头，轻晃的茅丛……
在我心跳的周围，有一群热爱捕博的
朋友，伴着疲惫的歌唱的曲，虾和贝
——我内心甜蜜的负盖，是亲近他们唯一的理由

我还有赞美的理由——
海平静下来的蓝，能涂抹大地的荒凉
生活的疼痛和小小咒骂
我知道我的咳嗽声即握的风
我知道我时常拥有的渴望着膨胀测服的推涌力

我减图围内心的触角丈量大海的宽度
与浮浅一面，我心放了，拥有曲折海岸线的台柑湾
是我的左心室，还是右心房？
夜幕下，或晨晖中，大海是一本厚厚的乐谱

船只，几个陈旧的重音
朝阳在海面上洒下舒缓的和弦
浪涛的背顶里蕴藏着冷静的春天

一旦远去，我该把钢琴安放在哪个角落
才能把内心弹奏到最宽广的音域，把生活飘扬到
最高的八度音

刘畅（1973～　），女，生于江苏淮安，现居南京。诗人、画家。2010年参加《诗刊》社第二十六届"青春诗会"。获第五届李白诗歌奖优秀奖、江苏省散文学会学会奖、首届江苏省青年诗人双年奖入围奖等奖项。诗作被翻译成英文、德文、西班牙文推介至国外。著有诗集《T》。

素描静物

刘　畅

蚯蚓

泥土里躬行

山顶的高光等待定义

线条的刀锋蜷缩成蚁

阵雨落在碳笔的阴影里

橘子方位不明

煮熟的种子因妥协被捏至粉碎

翻开手掌

命运线被反复涂改

素描静物

蚯蚓，泥土里躬行。山顶的高光等待定义。

线条的刀锋蜷缩成蚁，阵雨落在碳笔的阴影里。

橘子方位不明，煮熟的种子，

因姿势，被捏至粉碎。

翻于手掌，命运线被反复涂改。

第26届青春诗会　刘畅　诗书

庚子年夏

今日阴

杨晓芸

杨晓芸(1971~)，女，生于四川绵阳。诗人、画家。2011年参加《诗刊》社第二十七届"青春诗会"。作品散见于《诗刊》《人民文学》《星星》《飞地》等刊物及部分诗歌年度选本。出版个人诗集《乐果》(2016，长江文艺出版社)。

海市蜃楼里辗转。
雨裹微粒的漂浮带，蒙眼
嘶吼的男神。
短信发向晦暗不明的未来。

乱流之黑压压人群，如油布翻卷；我想到
油布的可燃性。
低空沉滞雾霾，近似于道德的灰。

今日阴

海市蜃楼里辗转，雨点激粒似漂浮

革蒙眬唧唧的男神，短信发向晦

暗不明的未来，乱流之，黑哑之人群

如油布翻卷，我捉摸到油布的可燃性

修空沉滞霧霾，亘似于衙店似层

庚子夏晓芸书於绵阳

人格面具

徐 源

徐源（1980~　），生于
贵州纳雍。中国作家
协会会员。2011年参
加《诗刊》社第二十
七届"青春诗会"，曾
获《扬子江》诗刊第
四届扬子江年度青年
诗人奖等奖项。著有
诗集和散文诗集多部。

比如，我的身体里
奔驰十列愤怒的火车
却在清晨，关掉手机
安静地拆卸曾经战栗的枕木；
比如，我已拥有原野
广阔迷人的忧郁
却在一株草叶上，流连忘返
度过卑小的欢愉。比如
我的灵魂，已在故乡
傩戏的欣狂中获得慰藉
身躯却在城市的文明里
经受引诱。比如，我看到的世界
人来人往，车水马龙
其实它一直像断掉琴弦的吉他
那么安静，那么孤独。
比如，从我的脸开始
揭掉虚构的皮肤
揭掉一层，再揭掉一层
直到我爱的人们看到我，干净的骨头。
比如，这一切像电影
让黑暗再黑一点吧！投影光下
站起身，我突然看到自己的影子
生活在银幕上。

比如我耳鬢廝磨里奔馳十列憤怒的
掉手機安靜地拆卸曾經戰栗的枕木如我已擁
貫度過廣闊的人卻曾經在一株木葉比如我已忘
返欣狂牢中小閨的歡愉藉此身如荒草故鄉經已受
誘的比如我看到的世界人來人往在城里文明昆蟲戲
的比如我看到的世界人來人往在城水馬龍其寶它引

一直像斷掉琴弦的吉他那虛構他的廬安靜那麼孤獨比如
從我到我的臉開始揭掉虛構他的皮膚安靜那麼孤獨比如這一
層直我到愛的人再看到我那干凈揭掉一層再揭掉一
切像電影讓黑暗影一點在銀幕上允許嘛比如這一
突然看到人格面具生徐沄源諸拊書下踮趄身我

红 军

梦 野

梦野(1974~),陕北神木人。中国作家协会会员。2011年参加《诗刊》社第二十七届"青春诗会"。在《人民日报》《光明日报》《人民文学》《诗刊》《十月》等报刊发表大量作品。主要作品有诗集《在北京醒来》、散文集《水在河床停下来》、评论集《生活像个侵略者》。两届柳青文学奖得主。

枪老了　成为山的一部分
挤满一双双草鞋
雨没有
下落的地方

炮旧了　化作水的质地
岸那样辽阔
老黄风没法
飞渡

黄河牵着太阳月亮星星
日夜翻滚
坡　洼　沟　峁
——
进入门缝

线装书躺下来　两个血字冒着热气
封面　解
封底　放

红车
梦影

抱走了　　成为山河一部分
拾满了一双双草鞋
雨没有
下落的地方

炮响了　　比水水而反地
岸那桥边间
冬麦风沧泡
飞溅

黄河拿着太阳　脸　坐着
日夜翻滚
股滚沟郭
——进入河缝

伐光书躺不来　两个血字火冒着热气
封面　幻
封底　放

　　　　　　坤泉2014年12月号《诗刊》情怀高原诗
　　　　　　　　　　　　　　　　　　号

如果哀伤也是一团火

青蓝格格

青蓝格格（1974～　），女，内蒙古人。中国作家协会会员。全国公安文联签约作家。2011年参加《诗刊》社第二十七届"青春诗会"。鲁迅文学院第三十六届高研班学员。作品散见《人民文学》《中国作家》《诗刊》等多种报刊及年度选本。著有诗集《如果是琥珀》《石头里的教堂》《预审笔记》。

如果哀伤也是一团火，
那么只有哀伤才能将它扑灭。
我看见哀伤了，它像
月亮的遗体，闯入
我，亲爱的生活。它叫我
亲爱的，放肆地叫、呢喃地叫，
仿佛我，蓝眼睛的情人，
蹂躏着我。它的
到来，总是这样，灼热。
它命令我，不要睡着，要醒着；
它祈求我，爱它时要如
一团火。有时，它也不看
我——哪怕，一瞥。
它佯装庄严，掩饰放浪；
它在花开之时，等待花落。
如果它将我与不朽
连接在一起，它就错了。
我就是一团火，
谁将我点燃，谁就得将我——
扑灭。

如果哀伤也是一团火
如果哀伤也是一团火
那只有哀伤才能将
它扑灭
它叫我亲爱的
敬锋地叫呢喃地叫
仿佛我蓝眼睛的情
八踩蹿着我它前
到末忌是这样的
热它令令我石要

睡着它祈求我
爱它如一团火
它在闹花之时等
待花落
如果它将我与不
栖连在一起
它就错了我只爱
一团火
庚子夏日
青蓝

纯玻璃（1971~　），女，本名汪玉萍，出生于湖北黄冈，现居北京。中国作家协会会员。2011年参加《诗刊》社第二十七届"青春诗会"。作品散见《人民日报》《诗刊》《中国艺术报》《诗歌月刊》等国内外报刊和各种诗歌选本。出版诗集《花开花谢》《活在自己的手纹里》《园》。

风在吹

纯玻璃

一个人站在午夜的寂寞广场
风从四面八方吹来，城市晃了一下

她看见白色的气球，飞进了月亮
桂枝长到地下，丛林里，女巫似睡非睡
所有的树梢向左倾斜，那时风在吹

风从很远的地方网着黑暗
迅速袭来，又缓慢散开
一紧一松之间，白色的巨鸟
褪下了片片羽毛，风轻轻托起它们
像托住一个刚出生的婴儿

尖叫的风，不停地向黑暗深处滑行
它用危险的风向，让我漂浮于夜的湖上

風在吹

纯玻璃

一个人站在午夜的寂寞廣場
風從四面八方吹来,城市晃了一下

她看見白色的氣球,飛進了月亮
桂枝長到地下,森林里,女巫似睡非睡
所有的樹梢向左傾斜,那時風在吹

風從很遠的地方向着黑暗
迅速襲来,又緩慢散開
一緊一鬆之間,白色的巨馬
褪下了片片羽毛,風輕輕地托起它们
像托住了一个剛出生的嬰兒

尖叫的風,不停地在向黑暗深處滑行
它用危險的風向,讓我飄浮於夜的湖上

照 片

唐小米

唐小米（1972~ ），女，现居河北唐山。中国作家协会会员。2012年参加《诗刊》社第二十八届"青春诗会"。诗歌在《诗刊》《十月》等刊物发表，入选多项诗歌年度选本。著有诗集《距离》《白纸的光芒》。曾获2011年中国年度先锋诗歌奖、第二届河北诗人奖等奖项。

坐在上面的人
脸色暗黄，笑容越来越浅
这是很多年前的事了
我看到河水依旧自西向东
缓缓地流。好像安静出自我的想象
而她们的内心
停留着一条鱼搅起的涟漪。
现在，我的浪大过她们
在天黑之前
我要回到照片里
回到安静的西固河

照 片

唐小米

坐在上面的人脸色腊黄

笑容越来越浅

已是很多年前的事了

我看到河水依旧自西向东

缓缓地流。好象是静止的

象我们想象

而他们的内心

停留着一条鱼 搅起的涟漪

现在,我们长大了他们

在天黑之前

我要回到照片里

回到安静的 西固河

卖毛豆的女人

王单单

王单单(1982~　),云南镇雄人。云南省作协驻会作家。2012 年参加《诗刊》社第二十八届"青春诗会"。出版诗集《山冈诗稿》《春山空》等。曾获首届《人民文学》新人奖、2014 年《诗刊》年度青年诗人奖、2015 年度华文青年诗人奖、《诗刊》脱贫攻坚特别诗歌奖等奖项。

她解开第一层衣服的纽扣
她解开第二层衣服的纽扣
她解开第三层衣服的纽扣
她解开第四层衣服的纽扣
在最里层贴近腹部的地方
掏出一个塑料袋，慢慢打开
几张零钞，脏污但匀整
这个卖毛豆的乡下女人
在找零钱给我的时候
一层一层地剥开自己
就像是做一次剖腹产
抠出体内的命根子

卖毛豆的女人

王单单

她解开第一层衣服的纽扣
她解开第二层衣服的纽扣
她解开第三层衣服的纽扣
她解开第四层衣服的纽扣
在最里层贴近腹部的地方
掏出一个塑料袋，慢慢打开
几张零钞，脆活他夹整
这个卖毛豆的乡下女人
在找零钱给我的时候
一层一层地剥开自己
好像去做一次剖腹产
摸出体内的钞粮了

离离（1978~ ），女，本名李丽，出生于甘肃通渭。中国作家协会会员。2013年参加《诗刊》社第二十九届"青春诗会"。两次入选"甘肃诗歌八骏"。获2013年《诗刊》年度青年诗歌奖、2014年度华文青年诗人奖、《飞天》十年文学奖、第二届李杜诗歌奖新锐奖等奖项。出版诗集四部。

这便是爱

离　离

还是那张床
只是换了新的床单和被套
还是那间屋子，地面被反复
扫过，甚至看不见
一根掉下的
白发丝
光从窗口涌进来
照见的
还是两个人
一个70岁，在轻轻拭擦桌子
另一个，在桌子上的相框里
听她反反复复
絮叨

这便是爱

商商

还是那张床，只是换了新的

床单和被套

还是那间屋子，地板和墙壁

都扫过，甚至看不见

一根掉下的

头发丝

光从窗口涌进来

照见的

还是两个人

一个70岁，在轻轻擦拭桌子

另一个，在桌子上的相框里

听她反复叮咛

絮叨

诉诸同情

桑 子

桑子（1975~ ），女，浙江绍兴人。中国作家协会会员。2013年参加《诗刊》社第二十九届"青春诗会"。著有《栖真之地》《德克萨斯》等诗集和长篇小说十余部，获第七届扬子江诗学奖、第二届李白诗歌奖·提名奖、第十二届滇池文学奖、储吉旺文学奖等奖项。

牧草在阳光下泛着金色的光泽
它让我想起母亲　那都图的女王
曾享受着至高的荣耀
而我的敏锐让我吃惊　终于明白
生活是建立在记忆力的破坏之上

我已长时间没嗅到丰沛的水汽了
黄蜂的嗡鸣让我失去了耐心
我的上颌骨像要脱臼
我得全神贯注思考一些问题
这样看上去更有修养

假如这世上有重逢
它一定得像个意外
我得朝相反的方向走去
我说的是　整个世界都在逃脱
我相信自己的感觉
不用费神就可以知晓
那都图离我愈来愈远

我绝不孤独　只有太阳才寂寞
我一直感觉背上有两个太阳

我知道有一个是假的

这些事马蝇不知道　酢浆草也不知道

我有时候怀疑这草原也是虚构的

只是我想象力的创造

1804 年　我喜欢设定时间

死掉的翅虫蛹　干瘪的蛤蟆

成了我丰盛的晚餐

我望着将要坠落的夕阳　无比安慰

是的　我们诉诸同情的方法不能一成不变

诉诸同情

桑子

牧草在阳光下泛着金色的光泽
它让我想起田野　那朴圆的妇女
曾享受着至高的荣耀
而我的敏锐让我明白〔至明白
生活是建立在什么方能好之上的

我很长时间没有嗅到生活的味道了
黄昏的轰鸣让我失魂落魄
我的上颌骨像要脱白
我得多抽空思考一些问题
这样看上去更有修养

〔假如这世上不重逢
它一定得〔每个意义〕
我得朝相反的方向走去
我误以是　整个世界都在
逃跑

我相信我的感觉
不用费神就可以知晓
那就是我的才能这

我（还）不明白去 让太阳才救赎
我一直感觉背上有两个太阳
我知道有一个是假的
这些事马蜂不知道　那些蚂蚁也
不知道
我有时打顺以不觉这草原也很虚拟
只是我想象力的创造

1804年 我喜欢没空时间
而打碎的越出蝉 干瘪的蛤蟆
我了我才对的饿鼍
我望着将要跌落的夕阳 无比
宽慰
是啊 我们诉说回情的方式
不能一成不变

　　　　　　　　　2012年10月

悯刀情

笨 水

笨水（1974～ ），生于湖南祁阳，现居新疆乌鲁木齐。2013年参加《诗刊》社第二十九届"青春诗会"。作品散见于《诗刊》《诗选刊》《诗歌月刊》《绿风》等刊物。入选多种选本。著有诗集《捕蝶者》。

石头不想变成铁，是我们将它投进熔炉
把它烧成了铁
铁不想变成刀，是我们将它放在铁砧上严刑
拷打
把它打成了刀
刀不想显露锋芒，是我们将它按在磨刀石上
把它磨出了锋芒

石头，我想，曾成铁，是我们将
它坍进熔炉，把它烧成了铁
铁，我想变成刀是我们将它
放在铁砧上，要利捶打把它
打成的刀
刀子捏昆露的锋芒是
我热将它放在河石上把它磨
出了锋芒

悯刀情　诗刊社青春诗会四十周年　某某

重力的礼物

江 离

江离（1978~），本名
吕群峰。生于浙江嘉
兴，现居杭州。2013
年参加《诗刊》社第二
十九届"青春诗会"。出
版诗集《忍冬花的黄昏》
《不确定的群山》。

白乐桥外，灵隐的钟声已隐入林中
死者和死者组成了群山
这唯一的标尺，横陈暮色的东南
晚风围着香樟、桂树和茶陇厮磨

边上，溪流撞碎了浮升的弯月
一切都尽美，但仍未尽善
几位僧人正在小超市前购买彩票
而孩子们则用沙砾堆砌着房子

如同我们的生活，在不断地倒塌
和重建中：庙宇、殿堂、简陋的屋子
也许每一种都曾庇护过我们
带着固有的秩序，在神恩、权威和自存间
流转

路旁，一只松鼠跳跃在树枝上
它立起身，双手捧住风吹落的
松果——这重力的礼物
仿佛一个饥饿得有待于创造的上帝

诸友，我们是否仍有机会

用语言的枯枝，搭建避雨的屋檐

它也仍然可以像一座教堂

有着庄严的基座、精致的结构和指向天穹的塔尖？

春天的礼物

河东稀水处，一种声音已隐入林中
死者和无名的威胁了静止
色唯一的秋尺，擦陈暮色的东面
现从围着香樟，桂树和茶陈断磨

也上，漫流撞碎了浮开的素月
一切都在美，但仍未尽善
凡在僧人正在小题布刷的买彩票
后之心以用折碎，堆似着房之

以问我们的生活，在不断地倒塌
天堂里中，庙宇、殿堂，阁陆的屋子
也许另一种彻底挥过我们
带着固有的秩序，在神恩、权威和自由间流转

将有，一只松鼠跳跃在树枝上
毛立起来，双手捧居住风吹落的
松果——这春天的礼物
仿佛一个仍饿得有待于重新创造的上帝

诗友，我们是否仍有机会
用语言的枝枝，搭建群雷的屋檐
它也仍足以像一座教堂
有着庄严的基座、精致的结构不指向天空的塔尖？

（赠《浮重汲》诗友）

江离录于
二零一零年七月

微雨含烟(1974~),女,本名李维宇。出生于辽宁铁岭。中国作家协会会员。辽宁省作家协会第七、十一届签约作家。2013年参加《诗刊》社第二十九届"青春诗会"。曾获辽宁文学奖诗歌奖等奖项。出版诗集《回旋》。

我们在拥抱什么

微雨含烟

琴声像在包围什么
在它颤抖的音色里，太多
被忽略的东西，浮现出来
引起我的愧疚
很多事情只在开始
你回头时的眼神，最好只定格在
那时的风中，而不是穿过许多年
你已老了
眼神还是当年的
这是不是有些过分？
我一再提起从前，比如去年
比如八月之前
鱼从江水里起身
鱼从船只的下面，游入它们的世界。

我们在拥抱什么

翠春燕在忙）事

什么在年轻抖动的音

色里太多被压抑

的东西沉积土来……

引起我的收获伤

多感情只差一个如

你圆般时的眼神

窗好在空放去眼

时时风啊一亩亩

先体已完了眼神

这是老妈妈自送去不

走着些过分家一群

把祀给弟比如先辈

比如月亮那一群辈

江水里毛为鱼泥每

只一题起个空白歌

罗

甲子年春月深雨生拍书

旧火车

王彦山

王彦山(1983~),山东邹城人,现居江西。中国作家协会会员。2014年参加《诗刊》社第三十届"青春诗会"。诗歌发表在《诗刊》《中国作家》《钟山》《天涯》等刊物,入选《2009:文学中国》等选本。出版诗集《一江水》《大河书》。先后获三月三诗歌奖、2015中国桃花潭国际诗歌艺术节"中国新锐诗人奖"、第二届中国青年诗人新锐奖、南昌市滕王阁文学奖等奖项。

曾经,它们团结如钢
以不容商量的口气
黑着脸,驶过华北平原上
我的村庄,我的童年
因此有了久久的不可平复的
隐秘的激情。它们喘息着
在我家最远的一块地边上
停了下来,阳光下,闪闪发亮的煤
拥有了自燃的勇气,养蜂人和他的蜂箱
在酝酿春天的蜜,军绿色的卡车里
坐着表情坚毅的战士,他们全副武装
仿佛正在奔赴前线,它们咆哮着再次上路
喷吐着黑烟,抖动犀牛般有力的屁股
消失在地平线上,一个农村少年神启般地
完成了对远方的自我启蒙
那是20世纪90年代初夏日的一天
他的启蒙,借助一辆怪脾气的旧火车完成

旧火车

王彦山

曾经，它们团结如钢
以不容商量的口气
黑着脸，驶过华北平原上
我的村庄，我的童年
因此有了久久的不可平复的
隐秘的激情。它们喘息着
在我家最远的一块地边
停了下来，阳光下，肉肉发亮的煤
拥有了自然的勇气，养蜂人和他的蜂箱
在酝酿春天的蜜，草绿色的卡车里
坐着表情坚毅的战士，他们全副武装
仿佛飞在奔赴前线，它们咆哮着再次上路
喷吐着黑烟，抖动犀牛般有力的屁股
消失在地平线上，一个农村少年神启般地
见识了这辽阔的自我启蒙
那是20世纪80年代初夏的一天
他的启蒙，借助一辆性脾气的旧火车完成

温　暖

陈　亮

陈亮(1975~)，生于
山东胶州。近年漂居
北京。中国作家协会
会员。2014年参加《诗
刊》社第三十届"青春
诗会"。诗歌入选《中
国新诗百年百首丛书》
《诗刊创刊60年诗选》
《建国60年文学大系》
《新中国70年优秀文
学作品文库》等各种
选本。曾获第十二届
华文青年诗人奖、首
届李叔同诗歌奖、"十
大农民诗人"称号、
第四届泰山文学奖等
奖项。部分诗歌被翻
译成英文、俄文、日
文、韩文等文字。出
版诗集多部。

那些小路是温暖的，被暮色舔着
被庄稼的香气熏着
泛出微茫的白光
是人们走走停停走出来的那一种白
是柴草的骨灰撒在土上的那一种白
那面落满鸟屎的东山墙是温暖的
墙上有个铁环，牵出的马在这里
踢踏打转，晃动肥臁
用尾毛扑打着发红的蝇虫
它咴咴叫着，散发出亢奋
或少许劳役怨气
游街的豆腐梆子是温暖的
好久没见到他了，今天又突然出现
头顶金光闪闪，宛如菩萨
传说他患了癌症，相信这不是真的
父亲是温暖的
他几乎一直在菜园的井台上
拔水浇灌，井水热气腾腾
让他瞬间就虚幻了
看不出他是六十岁、五十岁还是二十岁
而母亲蹲在那里摘菜、捉虫
时间久了就飘回家去——

你也是温暖的，那一年我在家养伤
墙上的葫芦花开了
你一早去邻家借钱，轻易就借到了
你的脸沁出汗
不断说好人多，好人多
一头羊是温暖的，天就要黑了
它还在吃草，肚子很大，准备要生育了
鼓胀的乳房拖拉出奶水
它的眼里，还有声音里
有一种让心肝发颤的东西
它嘴里永远嚼着什么，似要嚼出铁沫来

温暖　　陈亮

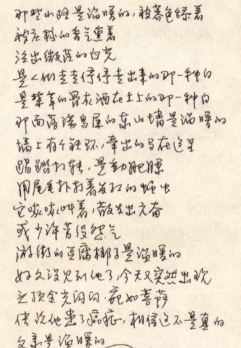

那些山坡是温暖的，被春色绿着
被花木的香气熏着
泛出微蓝的白光
是人们走走停停走出来的那一种白
是羊群的蹄花滴在土上的那一种白
那面落满鸟屎的东山墙是温暖的
墙上有个裂缝，走出的蛇在这里
盘踞打转，是动肥腰
用尾毛扑打着自己的蜕皮
它咳嗽叫着，散发出芬香
或少许芬芳毒气
游街的豆腐梆子是温暖的
好久没见到他了，今天又突然出现
之顶金光闪闪，宛如善萨
传说他患了癌症，相信这不是真的
父亲是温暖的
他们一直在井台上（菜园的）
抽水浇菜，井水热气腾腾
让他瞬间就虚幻了

看不出他是六十岁、五十岁，还是二十岁
而田京躺在那里摘菜、捡豆
时间久了就那问苏芝
你也是温暖的，那一年我在家养伤
墙上的蔷薇花开了
你一早去邻家借钱，轻易就借到了
你的脸沁出汗
不断说双人了，双人了
一块地也是温暖的，天就要黑了
它还在吃草，肚子很大，准备要生了
鼓胀的乳房挤出奶水
它的眼里，还有声音里
有一种无心好发颤的东西
它嘴里还这嚼着什么，似要呼出轻津来

2020年5月12日

青鸾舞镜

张巧慧

张巧慧(1978~)，女，浙江慈溪人。中国作家协会会员。2014年参加《诗刊》社第三十届"青春诗会"。2018年参加第八次全国青年作家创作会。获2015年度华文青年诗人奖、於梨华青年文学奖、储吉旺文学奖、三毛散文奖等奖项。入选"新锐女诗人二十家"。出版作品五部，作品见于《人民文学》《诗刊》等几十种文学刊物及年度选本。

我曾拓过一枚汉镜，浮雕与铭字
已残缺
——那只青鸾去了哪里？
愈来愈偏爱这些无用之物，聊以打发时光
打发平滑的镜面般的生活

——是谁的镜像？

镜中妇人面容模糊
但孤独
那么清晰
穿白衬衣的女孩在自拍
她尚未意识到
青春是一种资本
也未曾听过青鸾舞镜

我曾拓過一枚漢鏡

浮雕與銘字　已殘缺

那隻青鸞去了哪裏

愈來愈偏愛這些無用之物

聊以打發時光

打發平滑的鏡面般的生活

是誰的鏡像

鏡中婦人面容模糊

但孤獨

那麼清晰

穿白襯衣的女孩在自拍

她尚未意識到

青春是一種資本

也未曾聽過青鸞舞鏡

庚子五月張巧慧

李孟伦（1974~ ），海南乐东黄流人。中国作家协会会员。2014年参加《诗刊》社第三十届"青春诗会"。作品散见于《诗刊》《人民文学》《天涯》《诗林》等刊物，有数十首诗歌入选《值得中学生珍藏的100首诗歌》《中国新诗排行榜》《中国当代诗歌导读》等四十多部诗选集，并被翻译成英文、韩文、越文等。出版诗集《青黄集》《走入世纪的瞳孔》《创世记》《在万物入睡的地方》《煮海》和长篇小说《太阳之门》等。

拜谒临高居仁瀑布

李孟伦

是九天外飞来的一帘瀑布
是李白千年的月光
是庄子逍遥的秋水
带着太阳怀抱月亮和星星
深入老子的大地
照亮了蛰伏的黑夜
一瓣瓣的光莲花般灿烂
灿烂了芸芸众生
在这风生水起的地方
让生命在生命中绽放
普惠这方圆上千里的山川与百姓

这半空中蒸腾的水雾
不是杜甫百年的秋霜
是雅典娜女神呼出的灵气
是观音菩萨手里的仙脂露
蕴孕着苍天万年来的光辉
成熟了不老的岁月
在阳光抵达的地方
有鸟语有蛙鸣有花香
在老子的天空下
让炊烟袅绕不断

让大地随水年青生生不息

今天，我走近瀑布
就走进了瀑布里，发现——
我，不过是瀑布里的一滴水
或许是半空中的一束灵光
随梦蝶在水雾中羽化
同清泉在大地上流淌

拜谒临高居仁瀑布
李孟伦

是九天云来的一帘瀑布
是李白千年的月光
是庄子逍遥的秋水
带着太阳怀抱月亮和星星
深入老子的大地
照亮了蛰伏的黑夜
一瓣瓣的光莲竞飞 灿烂
灿烂了芸芸众生
在这风生水起的地方
让生命在生命中缱绻
普惠这方圆上千里的山川与百姓

这半空中蒸腾的水雾
不是北窗百年的秋霜
是雅典娜女神呼出的灵气

是观音菩萨手里的仙脂露
蕴字着苍天万年来的光辉
成熟了不老的岁月
在阳光抵达的地方
有鸟语有蛙鸣有花香
在老子的天空下
让炊烟袅绕不断
让大地随水年青生生不息

今天，我走近瀑布
就走进了瀑布里，发现一
我，不过是瀑布里的一滴水
或许是半空中的一束灵光
随蜂蝶在水雾中羽化
同清泉在大地上流淌

充 盈

孟醒石

孟醒石 (1977~)，河北无极人。2014 年参加《诗刊》社第三十届"青春诗会"。鲁迅文学院第三十一届中青年作家高研班学员，中国作家协会会——河北文学院签约作家。曾获孙犁文学奖、贾大山文学奖、《芳草》杂志汉语诗歌双年十佳等奖项。出版《周润发画传》等。

雨后，走在上庄镇的夜色中
风吹过我，身体感受到
瓷器出土之前的沁凉
年少时，见到空空的梅瓶
总有一种往里面灌入烈酒的冲动
而今，见到空，就空着吧
时间已经不多了，可我还是愿意等
等梅花盛开，等大雪压下来
我们在雪中散步，不折一枝
两个相爱的人，两种空，碰到一起
都会全力避免对方破碎
等黄土压下来，灌入心腹中
我们毫不相干，又彼此充盈

充盈
孟醒石

雨后，走在上庄镇的夜色中
风吹过我，身体感受到
瓷器出土之前的沁凉

年少时，见到空空的梅瓶
总有一种往里面灌入烈酒的冲动
而今，见到空，就空着吧

时间已经不多了，可我还是愿意等
等梅花盛开，等大雪压下来
我们在雪中散步，不折一枝

两个相爱的人，两种空，碰到一起
都全力避免对方破碎
等黄土压下来，灌入心腹中
我们毫不相干，又彼此充盈

2017. 6. 2.

无　用

影　白

影白（1977~　），原名
王文昌，生于云南昭
通。2014 年参加《诗
刊》社第三十届"青春
诗会"。鲁迅文学院第
三十一届高研班学员。
作品散见于《人民文学》
《诗刊》等刊物。著有
诗集《红尘记》。

微醺仅够怀人

再斟半碗，无非是让头再低一些。

今夜，雨水赐我璀璨

而喧嚣的孤寂。

你告诉我

琥珀，在这场哗哗作响的障眼法中

仅仅是我

觊觎的隐喻。

"一个人，要想知道自己有多么

无用，

我告诉你，

写诗是一条不错的捷径！"

我的爪子。那人。这

旋转的琥珀

碗羊兰竹，而人，真
莱挑是现五低远。分夜
迎水赐我那诗。写爱的孤
寂。任多近我眈的花边傍
哗"作继的陪泼中怪"是我
武到细的陆倘。一个人叠悲
都通自己有多麼难用，我多
新颖，你。妈潮是一倍不锅的捷转的
稳路。设的爪王。使人。遥继新好
诞。

　　庚子夏初应雄作书
　　记其生趣

华北平原

天 岚

天岚(1982~),本名刘秀峰。河北宣化人,现居石家庄。中国作家协会会员,河北文学院签约作家。2015年参加《诗刊》社第三十一届"青春诗会"。鲁迅文学院第三十一届高研班学员,参加第八次全国青年作家创代会。出版诗集《纸上虚言》《霜降尘世》《浮世记》。2019年创办熹悦和境茶书院。

这么多年,我把话都说给了华北平原
只有它懂,只有它足够宽大,有耐心去听
这么多年,我在它的腹地穿行
我爱上它的麦田、村庄和墓地
爱恋催我加速苍老了一生
这么多年,这块厚土就是我的稿纸
没有完整的步子,没有完整的唱词
人生的涂鸦就此蔓延,不可收拾
这么多年,虽说浪子已经铁石心肠
只是为何今天,一路收不住泪水
车外的小麦,刚刚吐芽就披上了冬霜

华北平原

天岚

这么多年，我把话都说给了华北平原
只有它懂，只有它足够宽大，有耐心去听
这么多年，我在它的腹地穿行
那身上的麦田，村庄和墓地
爱恋催我加速苍老了一生
这么多年，这块厚土就是我的稿纸
没有失恋的句子，没有悲哀的唱词
人生的字码就此蔓延，不可收拾
这么多年，虽说浪子已经铁石心肠
只是为何今天，一路收不住泪水
车外的麦，刚刚吐芽就披上了冬霜

2013年11月11日

2020年7月12日书于磁石

墨韵青春——「青春诗会」诗人精品手稿选

武强华(1978~　)，女，甘肃张掖人。中国作家协会会员。2015年参加《诗刊》社第三十一届"青春诗会"。有作品发表于《人民文学》《诗刊》《星星》《诗探索》《飞天》等刊物，并入选多种诗歌选本。入选"第三届甘肃诗歌八骏"。获《人民文学》2014青年作家年度表现奖、《诗刊》社2014年度发现新锐奖、2016年度华文青年诗人奖、首届李杜诗歌奖新锐奖等奖项。出版诗集《北纬38°》。

祁连山

武强华

雪，白过它自己的骨头了
白得整座山看起来只有骨头
没有肉。肉藏在野牦牛的身上
它秘密地穿过山谷时，站在山坡上的那个人
嗅到了山的香味。据说
他三岁时就嗅到过同样的味道
现在他十七岁，像豹子一样
已经不能再等了

祁连山

武强华

雪，白过它自己的骨头了
白得整座山看起来只有骨头
没有肉。肉藏在野牦牛的身上
它秘密地穿过山谷时
站在山坡上的那个人
嗅到了山的香味。据说
他三岁时就嗅到过同样的味道
现在他十七岁，像豹子一样
已经不能再等了

赵亚东(1979~)，出生于黑龙江拜泉，现居哈尔滨。中国作家协会会员。2015年参加《诗刊》社第三十一届"青春诗会"。作品散见于《人民文学》《诗刊》《星星》《花城》《作家》《中国作家》《十月》《文艺报》等报刊。出版诗集三部。获《诗探索》第九届红高粱诗歌奖、2020华语实力诗人奖等奖项。

一只羊羔滚落下来

赵亚东

在乌孙山的南坡，风吹着它们雪白的脊背
和满含热泪的眼睛
只有我专心地看着它们
想呼唤它们的小名
可是还没等开口，一只羊羔
从山坡滚落下来，后面跟着它年迈的母亲

一只羊羔滚落下来　越亚东

在昌都山的南坡　映照着它们雪白
的脊背　和满含热泪的眼睛　只有
我走近地看着它们想呼唤它们的
乳名　可是还没等我开口　一只羊
羔从山坡上滚落下来　后面跟着
它半岁的弟弟

庚子仲春月录小诗一首
于崎玛乎谙

石头里有马群在奔跑

黎启天

黎启天（1975~　），广东信宜人，现居东莞。中国作家协会会员。2015年参加《诗刊》社第三十一届"青春诗会"，鲁迅文学院第三十一届中青年作家高研班学员。出版有诗集《你刮了胡子就跟我一样年轻》《伶仃洋叹歌》《零丁洋再叹》《大河弯入零丁洋》等多部。

墨韵青春——"青春诗会"诗人精品手稿选

雕刻家竖着耳朵，他听见
石头里有马群在奔跑
举起铁锤和斧凿
他开始追捕，马的声息

向石头里套马
沿着嗒嗒的叩击声
他敲开核的坚壳
刚劲的马蹄，热烈地跑出
循着长长的嘶鸣，还有风的呼呼声
他找到了马裂开的嘴巴，飞扬的鬃毛

声音是如此清晰
斧凿在探寻
眨眼的火星，又找到了一匹马的眼睛
喘息的鼻孔，鼓突的血管里
血液找到了自由流淌的祖国

一匹，两匹，三匹
马群在呈现，它们曾在你的眼睛里
埋伏，伪装成石头的样子
就像石头散布于大地的黑暗

面对着坟墓里的眼睛

假装成缀满了宇宙的闪闪繁星

石头里有马群在奔跑

黎启天

雕刻家竖着耳朵,他听见
石头里有马群在奔跑
举起铁锤和凿子
开始追捕,马的踪息

向石头里套马
沿着哒.哒的叩击声
他高咬劈开石头
刚劲的马蹄,热烈.地跑出
逼着长长的嘶鸣
还有风的呼呼声
找到了马裂开的嘴巴
飞扬的鬃毛

声音是如此清晰
奋凿的探寻,眨眼的火星
又找到了一匹马的眼睛

喘息的鼻孔，鼓突的血管里
血液找到了
自由流淌的祖国

一匹，两匹，三匹
马群在呈现
它曾在灼的眼睛里
埋伏，伪装成石头的样子

就像石头散布于大地里暗
面对着坟墓里的眼睛
假装成，缀满了宇宙的闪闪繁星

2013年作
2020年秋

沈鱼(1976~),本名
沈俊美,生于福建诏
安。中国作家协会会
员。2016年参加《诗
刊》社第三十二届"青
春诗会"。出版诗集《左
眼明媚,右眼忧伤》《借
命》《花香镇》等。获
《诗刊》陈子昂青年诗
歌奖、《诗探索》中国
诗歌发现奖、广东省
有为文学奖诗歌奖等
奖项。

残简:遗物

沈 鱼

鸟鸣是世界的遗物吗?为何无人认领
早起的人饱受失眠症的困扰
而冷酒,正好泡一颗老不死的春心

但现在是扫花时节
是狐拾果、鲤吃花的时节
是颓废沮丧也心安理得的时节
我没有一首特别重要的诗要写,没有
想爱却爱不上的人
我和死神也没有预约

如果我不爱这个时辰,我就不可能爱上未来
如果我不爱你,我就不会爱人类
我虚心地看和听,读和写
我写下:鸟鸣。但这是王维的遗物吗?
深涧里,青藤缠绕枯骨
而花心之露,香甜、甘美
可慰藉漫长无用的一生

残简：遗物　沈奇

每个人是否都有所遗物呢？如何对待所领，
早到的人的爱半成批的围扰
不徐酒，沉沉泡一颗如石死的苍心

但现在举起衰败时节
是你的结果，绵软相随的时节
是颓废颓丧地、赤裸裸的时节
我没有看待到重要的净素，没有
热爱却署下的人
我和死神也没有预约

如果我不爱这个时辰，我就不可挂念上未来
如果我不爱你，我就不会爱人类
我虚心地聆听，读到了
我听：每个，但这是谁的遗物呢？
涂湖里，新旧继续拉扯
而在心里，香甜、甘美——
可愿着这衣无间的一生

二〇一一年6月15日抄录
2016年3月阳春春涂会

墨韵青春——"青春诗会"诗人精品手稿选

张远伦（1976~　），苗族，生于重庆彭水。2016年参加《诗刊》社第三十二届"青春诗会"。著有诗集《那卡》《两个字》《逆风歌》等。曾获少数民族骏马奖、人民文学奖、《诗刊》陈子昂青年诗歌奖、重庆文学奖、巴蜀青年文学奖、银河之星诗歌奖等奖项。

一声狗叫，遍醒诸佛

张远伦

村庄不大，一声狗叫，可以关照全部土地
余音可关照更远的旷野

九十岁老妪的枯竭之身，在狗叫的近处
她的生茔，在狗叫的远处

更高一点的诸佛寺
在一声狗叫的尽头

这是一只名叫灰二的纯黄狗。她新出生的
女儿
名叫两斤半，身上的毛黑里透出几点白

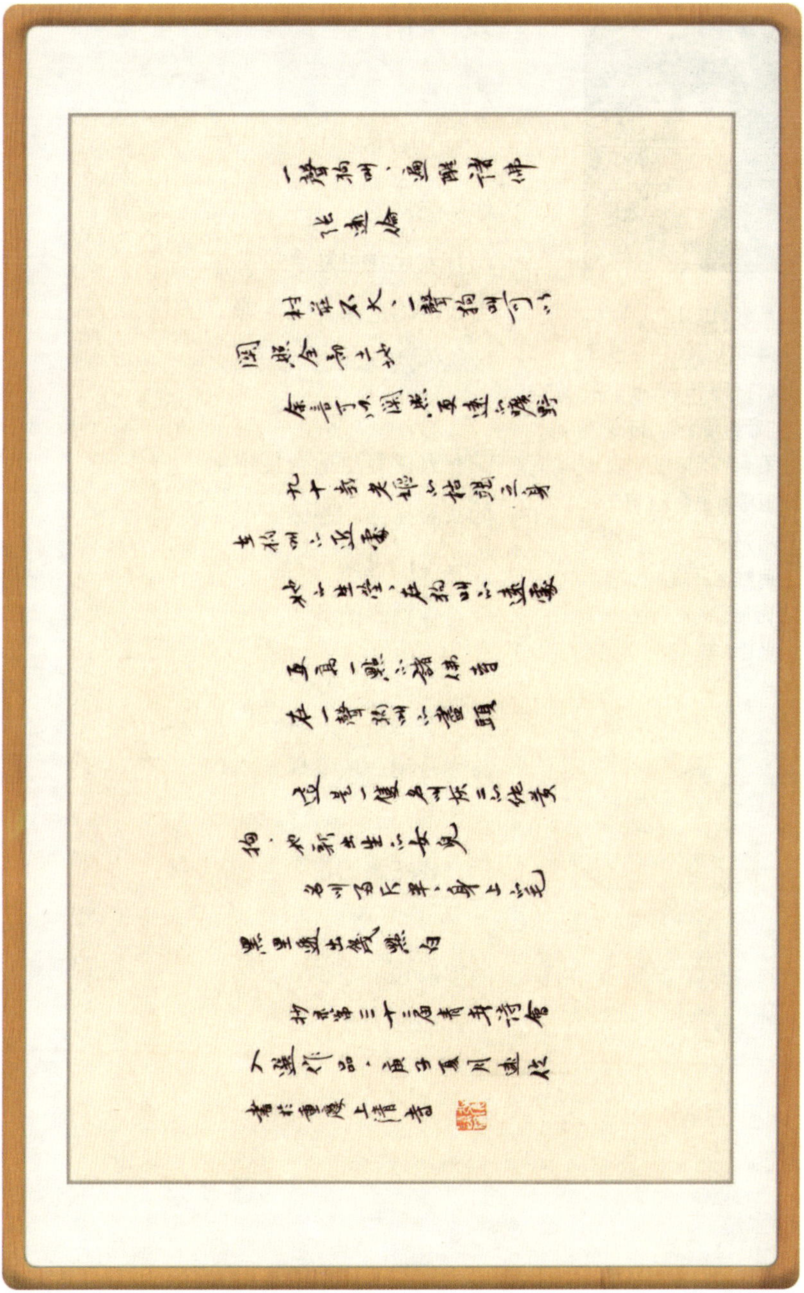

严彬（1981~ ），湖南浏阳人。2016年参加《诗刊》社第三十二届"青春诗会"。出版诗集《我不因拥有玫瑰而感到抱歉》《国王的湖》《献给好人的鸣奏曲》《大师的葬礼》，小说集《宇宙公主打来电话》等。

爱 情

严 彬

你是怎样的人——
没有人比我更适合赞美你
当我推门进来
带着你熟悉的花

没有人比我更适合拥抱你
低头看见你的眼睛
当我推门进来
带着你熟悉的花

没有人比我更适合写你的名字
与你合用一块墓地
当我推门进来
带着你熟悉的花

向他们介绍你
做你遥远的妻子

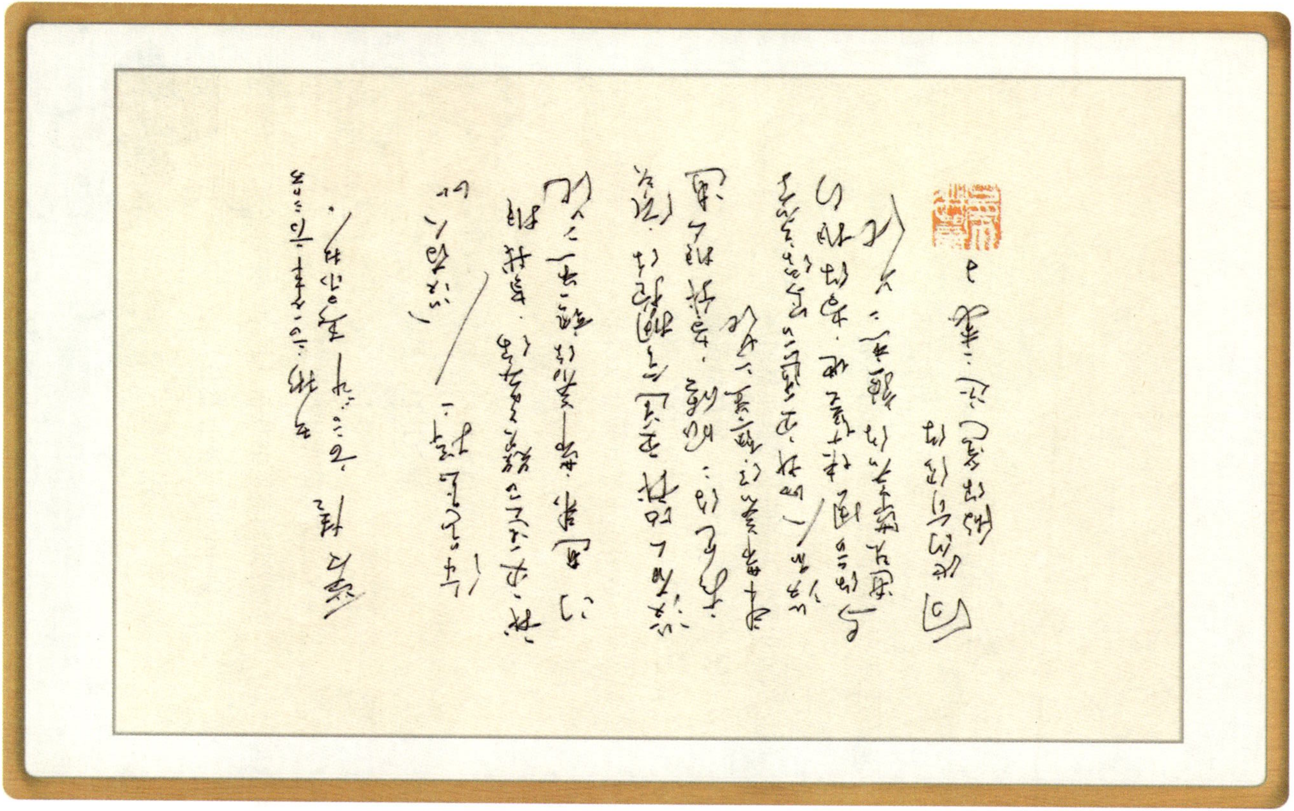

聋　子

左　右

左右（1988～），生于
陕西山阳。2016年参
加《诗刊》社第三十二
届"青春诗会"。出版
《地下铁》《命》《原谅
世界不再童话》《孩子
都是天生的诗人》等
作品集十三部。有作品
在《人民文学》《十月》
《诗刊》《花城》《天涯》
《北京文学》等发表。
曾获柳青文学奖、延
安文学奖、紫金·《人
民文学》诗歌佳作奖、
珠江国际诗歌节青年
诗人奖、全国幼儿文
学奖等奖项。

声音有没有颜色如同黑暗
声音有没有味道如同酸涩
声音有没有梦想犹如三天光明

声音有没有冷暖
声音有没有最初的爱

声音在哪里出生的呢？请你告诉我
我想在我的耳朵里也怀孕一些声音
我想在我的意识里也制造一些声源
我想将自己卖给一个懂得声音的精灵
请你告诉我，外面的世界是不是喧嚣的

昨夜地震了，我没听见妈妈最亲近的哭泣
我最想要的答案
我想做一个能听见声音的聋子

素

声音有的听起来如同黑暗
声音有的听有时单如同醒温
声音有的有梦想 就如一天光明

声音有的有冷暖
声音有的有最初的爱

声音是哪里来的呢 请你告诉我
我想在我的梦里世界听到一些声音
我想在我的意心里也制造一些声音
我也想做已个声音做个懂声音的精灵
请你告诉我 外面的世界是个什么样的

听夜也来了 我像你的妈妈最亲近的笑脸
我最想要的答案
我想做一个能听见声音的聋子

2020.4.15 西安

我爱这花苞裂开的时光

曹立光

曹立光（1977~ ），笔名荒原狼、黎光。吉林人。中国作家协会会员。黑龙江省作家协会签约作家。2016年参加《诗刊》社第三十二届"青春诗会"，参加第七届全国青创会。著有诗集《北纬47°》《山葡萄熟了》。作品散见于国内百余家文学刊物。有作品收入百余种诗歌选本。曾荣获黑龙江省政府第八、第十届文艺奖，首届剑门关诗歌奖，首届华亭诗歌奖及《人民文学》《诗刊》征文奖等奖项。

我爱上的桃花怀孕了
微凸的小腹住满阳光的种子
春风被发芽的心事抚摸
泛绿的远天挂着白的云朵

我坐在万物生长的土地中央
听一条蚯蚓自弹自唱
我爱这花苞裂开的时光
也享受这世界暗藏的光芒

我爱这花苞裂开的时光

曹立光

我爱上的桃花怀孕了
微凸的小腹住满阳光的种子
春风被发芽的心事抚摸
泛绿的远天推着白的云朵

我坐在万物生长的土地中央
听一条蚯蚓自辩自鸣
我爱这花苞裂开的时光
也享受这世界暗藏的光芒

幻灯机

艾　蔻

艾蔻（1981~），女，原名周蕾。生于新疆南部，四川人。现居河北石家庄。中国作家协会会员。2017年参加《诗刊》社第三十三届"青春诗会"。出版个人诗集《有的玩具生来就要被歌颂》《亮光歌舞团》。鲁迅文学院第三十一届中青年作家高研班学员。

天鹅浮游于湖面
起飞之前
它搅碎了自己
水中的倒影

比利牛斯山南部
鬼兰蛰伏多年
山毛榉腐叶扮演魔法师
托出丝带般的根须

鸟类将自己带往古巴
五岁的小孩望着窗外
他知道这世界
是个巨大旋转的球体

幻灯机

艾磊

天鹅浮游于湖面
起飞之前
它模仿了自己
水中的倒影

比利牛斯山南部
伫立蛰伏多年
山毛榉啃叶抄演魔法师
抽出丝带般的根须

写字桌自己萦往古巴
五岁的小孩望着窗外
他知道这世界
是个巨大旋转的球体

蝴 蝶

段若兮

墨韵青春——"青春诗会"诗人精品手稿选

段若兮(1982~),女,甘肃人。中国作家协会会员。2017年参加《诗刊》社第三十三届"青春诗会"。出版诗集《人间烟火》《去见见你的仇人》。作品入选2017年"21世纪文学之星丛书"。鲁迅文学院第三十四届高研班学员。现就读于鲁迅文学院与北京师范大学合办的研究生班。

斑纹。色彩。翅翼上悬坠的风
蝴蝶闯入四月，化身为豹
雄性
嗜血。无羁。没有盟友
每一次振翅都招来花朵的箭镞

三月的牢房太暗黑了
需要蝴蝶来砸碎枷锁
蝴蝶如豹！嘶吼，四野倾斜
花朵暴动
大地呈现崩塌之美

……花朵的血液快要流干了
蝴蝶是一只充满仇恨的豹子
扛起负伤的四月
奔向酝酿之境

蝴蝶

段苦今

斑纹．色彩．翅翼上悬垂的风
蝴蝶闯入四月、化身为豹
雄性。

暗血．亡罪．没有盟友
每一次振翅都招来花朵的箭镞

三月的牢房太暗哑了
需要蝴蝶来砸碎枷锁．
蝴蝶如豹、凶狠、四野倾斜
花朵暴动、大地里挑崩塌之美

……花朵的血夜快要流干了
蝴蝶是一只充满仇恨的豹子
扛起负伤的四月
奔向睬睬之境

鸟鸣赋

马　嘶

马嘶（1978~　），本名马永林，生于四川巴中。现居成都。巴金文学院签约作家。2017年参加《诗刊》社第三十三届"青春诗会"。2013年获《星星》首届"四川十大青年诗人"奖。出版诗集《热爱》《莫须有》《春山可望》。2018年创办"三径书院"。

刚满百天的行之，对这个清晨还不能
说出一句完整的声音
鸟儿在看不见的地方并不
沮丧。树荫下，他在短暂的兴奋后
又酣酣睡去，阳光俯身下来
凝视怀中的他
仿佛凝视着，刚刚脱胎的我
林中处处都有新的美
有新的事物，加入新的一天
而我，还是从众多的鸟鸣中分辨出了
此刻陪他入睡的那一只
给他披秋衫的那一只，也是昨夜
唤醒我的那一只。我模仿
它的鸣叫，替儿子回应了一声

刚满百天的行三,对这个清晨还不能
颁出一句完整的声音
鸟儿在看不见的地方鸣叫
泡桐,树荫下,他在短暂的兴奋后
又酣睡去,阳光俯身下来
凝视怀中的他
仿佛凝视着,刚脱胎的我
林中鸟鸣,都有新的美
有新的事物,加入新的一天
而我,还是从众多的鸟鸣中分辨出了
此刻陪他入睡的那一只
给他接秋凉的那一只,也是昨夜
唤醒我的那一只,我模仿
它的鸣叫,替儿子回应了一声

马嘶 "鸟鸣赋"
2020年6月3日书于成都

江一苇（1982~ ），本名李金奎，生于甘肃渭源。2018年参加《诗刊》社第三十四届"青春诗会"。有诗作散见于各种刊物并入选多种选本。获《诗刊》诗歌阅读馆2017年度（第二届）十大好诗奖、第四届李杜诗歌奖新锐奖等奖项。著有诗集《摸天空》。

万有引力

江一苇

父亲，你越来越弯曲的身子，
让我看到了可怕的万有引力。
它揽着你的脖颈，
不停地往下拽。
有时，我甚至听到
骨头在你体内嘎吱作响的声音。
你曾经有过挣扎吗，父亲？
作为在你的树荫下辛苦活着的一代，
父亲，你让我相信，
无数直木
就是这样被扭曲成车轮的。

终南山

雷晓宇

雷晓宇（1984~ ），生于湖南邵阳。2018年参加《诗刊》社第三十四届"青春诗会"。作品散见于《诗刊》《人民文学》《解放军文艺》《解放军报》《星星》《草堂》等报刊，入选多种年度诗歌选本。出版诗歌集《雪山入梦》。

墨韵青春——"青春诗会"诗人精品手稿选

终南山上，松树避位
荒草削发为僧
溪流中隐居着紫薇和长庚
钟声响起，猛虎吃斋
松鼠入定，坐禅的老僧，
如一道虚掩的柴门

风吹群山，暮色中
薄雾盈门，万里河山
被收入油灯的那一刻
一颗星星，正在山下打探前生

终南山

终南山　曹鵬宇

终南山上　一松樹避仁

荒草削發為僧

溪流中隱居着薔薇和長庚

鐘聲而起　猛虎吃齋

松鼠入定　坐禪的老僧

如一道　虚掩的柴門

風吹牵山夢色中

薄霧盈門　萬里河山

被收入油燈的那一剎

一顆星辰　正在山下

打探前生

富晚宇壬午年春書于湖南邵陽

黑夜旅途

飞 白

比列车更先投入远方的总会有另一个目的地
比暮色更先踏上羁旅的是你我皆无所归依

它载着与生俱来的陌生和瓜熟蒂落
以及一条银色武昌鱼泅渡的困顿
驶向身体拥塞最深处。而我时刻蛰伏
群星那样不时闪烁泪光

黑夜旅途

此列車更先投入遠方的懷會有另一個目
的地比暮色更先滿上羈旅的臺懷我皆無所
歸一像定載著興生俱來的陌生和熟帶著
"又一條銀長武昌魚洞渡的困境駛向身體
龐塞東漂霧而香時刻勢伏群星那樣不時
閃爍泛光

庚子子月枕雨上

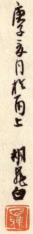

朔書白

贾浅浅(1979~)，女，陕西丹凤人。2019年参加《诗刊》社第三十五届"青春诗会"。作品散见于《诗刊》《作家》《十月》《钟山》《星星》《山花》等，出版诗集《第一百个夜晚》《行走的海》《椰子里的内陆湖》。荣获第二届陕西青年文学奖等奖项。入选2019名人堂年度十大诗人。

J 先生求缺记

贾浅浅

《废都》里的雪一直飘到了戊子年
飘到了 J 先生的书桌上
白茫茫一片。J 先生沉默许久
伸出手指在上面画字
龙安，未安

桃曲坡水库是一尊地母，她捏出了
庄之蝶。捏出了黑色的埙
捏出了稠密人群无边的巨浪
J 先生兴致勃勃探头往里张望，一个浪打来
他费劲全力，攀着 15 年的光阴
爬上了岸。手指上多了一颗陨石做的戒指

自此 J 先生加倍消遣沉默，他画
孤独之夜，画曹雪芹像
画守护他灵魂的候。看一场接一场的足球
在他的稿纸东南西北，重新栽满
六棵树

永松路的书房依然热闹
J 先生把自己变成沈从文，每日带午饭
看书、写作。老家的乡党依然把泼烦日子

稠糊一般，端到他眼前
和朋友打牌消遣还会为谁赢谁输，抓破手
写腻了"上善若水"，换一副"海风山谷"
自己依旧与众人递烟、倒茶

戊子年救了 J 先生。他心里明白
风再大，总有定的时候
《秦腔》换成了大红封面，戴盖头的新娘一般
出现在醒目的正堂
有人替 J 先生拍手叫好，他那有年头的脸上
看不出表情。待众人讪讪要走
他慢吞吞吐出一句话来
站在瀑布下，永远用碗接不了水

丁先生求缺记

贾戎戊

《废都》里的雪一直飘到了戊子年
飘到了丁先生的书桌上
白茫茫一片. 丁先生 沉默许久
伸出手指在上面画字
龙安, 未安

桃曲坡水库是一尊地母, 她捏出了
庄之蝶. 捏出了黑色的坝
捏出了稠密人群无边的巨浪
丁先生兴致勃勃探头往里张望, 一个浪打来
他费劲全力, 攀着13年的光阴
爬上了岸. 手指上多了一颗陨石做的戒指

自此丁先生加倍消遣沉默, 他画
孤独之夜, 画暮雪苍茫
画守护他灵魂的候. 看一场暗一场的足球
在他的稿纸东南西北, 重新栽满
六棵树

永松路的书房依然也闹
丁先生把自己变成沈从文，每日吃午饭
看书，写作。苦闷的乡愁依然把他浸泡日子
稠糊胡汤一般，端到他面前。
和朋友打牌消遣还会为谁赢谁输，抓破手
空赚了"上善若水"，换一幅"海见山谷"
自己依旧无处逃火圈，倒茶

戊子年救了丁先生。他心里明白
风再大，总有定的时候，
《秦腔》候成了大红封面，带盖头的新娘一般
出现在醒目的正堂。
有人替丁先生拍手叫好，他那有年头的脸上
看不出表情。待众人汕汕而定
他慢吞吞吐出一句话来：
站在瀑布下，永远用碗接不了水。

2019. 2. 18

像卡西莫多一样活着

徐 晓

徐晓（1992～ ），女，山东高密人。山东省作协签约作家。2019年参加《诗刊》社第三十五届"青春诗会"。著有长篇小说《爱上你几乎就幸福了》，诗集《幽居志》等。曾获第二届人民文学诗歌奖、第十六届华文青年诗人奖等奖项。

一场无法选择的降生，我自打从娘胎里
就把未曾谋面的美，给了你
把正常的面容，基本的思想，完整的肉身
全部给了你

把父母给了你，成了孤儿
把自由给了你，成了傀儡
此刻，我活着，气喘吁吁
准备一点一点、一厘一厘地
把所剩无几的光阴、良善和爱，也给你

为配合教堂顶楼的大钟按时响起
我把听力和声音给你
留下一个什么也说不出的干渴喉咙
为呼应大军攻城城欲摧的狂风暴雨
我把蹒跚的脚步、佝偻的驼背也给你

把人群眼中没有的光亮
心脏缺失的跳动、血液里流走的血红
都给你
给你给你给你——

最后只留下一点力气，足够我爬得动
几米的路程
当我抱紧爱斯梅拉达，抱紧雷霆
我这把丑陋的老骨头，也一并
给你——

像卡西莫多一样活着

徐晓

一场无法选择的降生，我自打从娘胎里
就把未曾谋面的美，给了你
把正常的面容，基本的思想，完整的肉身
全部给了你

把父母给了你，成了孤儿
把自由给了你，成了傀儡
此刻，我活着，气喘吁吁
准备一点一点、一厘一厘地
把所剩无几的光阴、良善和爱，也给你

为了配合教堂顶楼的大钟按时响起
我把听力和声音给你
留下一个什么也说不出的干渴喉咙
为呼应大军攻城城欲摧的狂风暴雨
我把蹒跚的脚步，佝偻的驼背也给你

把人群眼中没有的光亮
心脏缺失的跳动、血液里流走的血红
都给你
给你 给你 给你 ——

最后只剩下一点力气，足够我爬得动
几米的路程
当我抱紧爱斯梅拉达，抱紧雷霆
我这把丑陋的老骨头，也一并
给你 ——

走马灯

童作焉

童作焉（1995~ ），本名李金城，云南昆明人。2019年参加《诗刊》社第三十五届"青春诗会"。曾获全球华语年度大学生诗人称号、获第五届光华诗歌奖、第三十三届全国大学生樱花诗歌邀请赛一等奖、中华大学生研究生诗词大赛冠军、全球华语短诗大赛一等奖等奖项。作品见于《诗刊》《星星》《中国诗歌》《大家》《萌芽》等刊物。

一朵干枯的花，长在旧的日记里。某一页，

鱼从天空偷运云朵，你成为湖心的倒影。

那时你大概十七岁，也可能不是。

你发梢的雨带甜，折射出醉态的微光。

在返航的邮筒里，我开始预设一段爱情：

蝴蝶拥向悬崖，雾岚缩回山谷，而你停在我指尖。

你是我风景的盗贼，早于创世的神话。

月光打磨的两座孤岛，沉在你的眼角。

隔着失重的手心汗，街边的苹果象征了一场遇见，

在落日之前一起远去，在醒前写微醺的情书。

你掌灯。为我单薄的天色，为遥远的问候。

但是否深情熬不过黄昏，而思念生怕恰逢雨意？

这阵雨来自你体内的潮汐？你带来温情的物候，

尾随季节的凉，如何饮秋后的桃花茶？

从年久的明信片，从荧幕上的电影，

从无数时间交织的网，我捕捉每一个毫不相干的你。

你渐渐长成雾。在镜子里，我看到那个爱

你的人，

比想象中的我，更加真实。

《走马灯》

一朵干枯的花 长在旧的日记里。某一页.
鱼从天空游过云朵，你成为潮汐的倒影。
在起航的邮简里，我开始预设一段爱情：
蝴蝶涌向悬崖，零向瓶回合，而你停在我背光
你是我风景的盆域，早于创世的神话。
月光打磨的两座孤岛，沉在你的眼角。
隔着失重的手心泪，街边的苹果家征一场遇见.
在落日之前一起远去，在醒前写微醒的情书
你掌灯，为我零落的夜色，为遥远的问候
但是否泳情整不过黄昏，而要念生怕恰逢两意.
这体雨来自你体内的潮汐？你带来滥情频度
尾随季节的凉，如何可以秋后的桃花茶？

从年久的明信片，从荧幕上的电影，
从无数交织的时间，我捕捉每一个毫不相干的片
瞬渐渐长成家。在镜子里我看到那个陌生的人
比想象中的我 更加真实。

庚子年夏刘昱辰于杭州

初 见

琼瑛卓玛

琼瑛卓玛(1981～)，
女，本名王飞，河北
籍。现就职于西藏民
族大学。2020年参加
《诗刊》社第三十六届
"青春诗会"。有少量
诗歌发表于《诗刊》等
刊物。

荼蘼花有绝望之美
在某个五月的清晨。你有——
盛大的凄凉，在山的侧面
挺拔，壮美。下一刻
就死去

我愿意提一提这样的回忆
在梅子镇，
你的眼睛漆黑如夜空
没错。漆黑的，某一个夜里
11点钟，同那月光里的脸庞告别后
天下起了雨

初见
琼瑛卓玛

荼靡花有绝望之美
在某个五月的清晨。你有——
盛大的凄凉，在山的侧面
挺拔，壮美。下一刻
就死去

我愿意，提一提这样的回忆
在梅&镇，
你的眼睛漆黑如夜空
没错。漆黑的，某一个夜里
11点钟，同那月光里的脸庞告别后

天下起了雨

夜抄《维摩诘经》

吴小虫

吴小虫（1984~ ），原名吴小龙，生于山西应县，现居成都。2004年开始写作发表，成都文学院签约作家。2020年参加《诗刊》第三十六届"青春诗会"。曾在《诗刊》《人民文学》《扬子江诗刊》《文学港》《星星》等刊物发表组诗及随笔等。获《都市》年度诗人奖、河南首届大观文学奖等奖项。诗集《一生此刻》入选2018年度"21世纪文学之星丛书"。

如果可以，我的一生
就愿在抄写的过程中
在这些字词
当我抬头，已是白发苍苍
我的一生，在一滴露水已经够了
灵魂的饱满、舒展
北风卷地，白草折断
我的一生，将在漫天的星斗
引来地上的流水
在潦草漫漶的字体
等无心的牧童于草地中辨认
或者不等，高山几何
尘埃几重，人在闹市中笑
在梦中醒来——
我的一生已经漂浮起来
进入黑暗的关口
而此刻停笔，听着虫鸣

夜抄维摩诘经

吴小虫

如果可以，我的一生
就愿在抄写的过程中
在这些字词
当我抬头，已是白发苍苍
我的一生，在一滴露水已经够了
灵魂的饱满、舒展
北风卷地，白草折断
我的一生，将在漫天的星斗
引来地上的流水
在漆草漫漶的字体
等无心的孩童于草地中辨认
或者不等，又如几行
生境几重，人在闹市中笑
在梦中醒来——
我的一生已经漂浮起来
进入黑暗的关口
而此刻停笔，听着虫鸣

旧 物

王二冬

王二冬（1990~ ），原名王冬，山东无棣人。现居北京，系快递行业从业者。2020年参加《诗刊》社第三十六届"青春诗会"。著有诗集《东河西营》《没有回家的马车》。曾获第三届中国红高粱诗歌奖、第三十届樱花诗歌奖、"我向新中国献首诗"一等奖等奖项。

你走之后，所有事物都成了旧的
没穿的新衣，一把火就成了灰烬
没咽的饭菜，一炷香就成了祭品
就连新坟上的土也是旧的
这一次，你终于躺在了年轻时
长跪不起的地方，等待来世
来世，你或许会再次成为新的
我是等不到了，就算再见
我们也不会相识。在我的生命中
你是旧的永恒，吹过窗台的风
也会蒙上你渴望自由的灰尘
旧的窗棂，红漆刷得越多
时光脱落得越快，你走之后
我决定，爱过的就不再去爱了

旧物

七冬

你走之后，所有事物都成了旧的

没穿的新衣，一把火烧成了灰烬

没喝的饭菜，一炷香就成了祭品

就连新坟上的土也是旧的

每一次，你终于躺在了年轻时

走路不起的地方，等待来世

想起，你或许会再次成为新的

我是等不到了，就算再见

我们也不会相识。在我的余命中

你是旧的永恒，哪怕崭白的窗棂

也会蒙上你渴望的白的灰尘

旧的窗棂，红漆刷得越多

时光流荡得越快，你走之后

我决定，爱过的就不再去爱了

静安寺观雨

徐 萧

徐萧（1987~ ），本名
徐美超，生于辽宁开
原，现居上海。2020年
参加《诗刊》社第三十
六届"青春诗会"。作
品散见于《诗刊》《今
天》《读诗》《创世纪》
等刊物。出版个人诗
集《白云工厂》《万物
法则》。

雨在这里毫不稀奇，它们
在恰当和不恰当的时间落下，

选择封闭一座城市，
又开启它。或者敲打车窗，

或者袭击公园里的森林。
而此刻，是我。

我站在地铁车站的门口，
手里拿着一本诗集，

但我不能去读。
也不能去问小贩，伞的价钱。

人们都在等待。而我
将那本写满事物的书，顶在头顶，

冲向无人的街道。

静安寺观雨

徐萧

雨在这里毫不稀奇，它们
在恰当和不恰当的时间落下，

选择封闭一座城市，
又开启它，或者敲打车窗。

或者喜出公园里的森林，
而此刻，是我。

我站在地铁车站的门口，
手里拿着一本诗集，

但我不能去读。
也不能去问小贩，伞的价钱。

人们都在等待，而我
将那本写满事物的书，顶在头顶，

冲向无人的街道　　。

2012年8月30日 著初稿 2020年11月10日

朴耳(1987～)，女，本名王前。祖籍江苏，现居北京。2020年参加《诗刊》社第三十六届"青春诗会"。作品散见于《人民文学》《诗刊》《解放军文艺》等。出版诗集《云头雨》。

我们的船即将穿越海峡

朴 耳

行至海峡细长的瓶颈处
沿途，皆是墨蓝的创伤
一艘船静静地漂远
像海的另一只耳朵，失去听觉
我们挥手，打出耳蜗中极速旋转的信号
那艘船停在海平线上
我们看见海豚和散落的岛屿
原来海的影子浮在水面上
比它自身小那么多

于是得到安慰：
我们还可以湛蓝
可以腾空
可以不用收缩影子

我们的船即将穿越海峡

朴耳

行至海峡 细长的瓶颈处
沿途，皆是墨蓝的创伤
一艘船静静地漂远
像海的另一只耳朵，失去听觉
我们挥手，打出耳蜗中极速旋转的信号
那艘船停在海平线上
我们看见海豚和散落的岛屿
原来海的影子浮在水面上
比它自身小那么多

于是得到安慰：
我们还可以遗蓝
可以腾空
可以不用收缩影子

浓书淡抹总相宜

知名策划人、诗歌活动家　王晓笛

　　"青春诗会"40年，《致青春——"青春诗会"40年》(八卷本) 的出版，是对这个中国诗坛最负盛名品牌的一次回顾和总结。475位曾参加过"青春诗会"的诗人，用手中的笔恭敬、认真地书写了他们各自的诗歌代表作。我在后续整理诗人们的手稿时，萌发出了一个念头，何不将眼前那一幅幅精致的书法作品，其整理成书结集出版？这个想法一直在我心头萦绕着……

　　2020年底，心头的那个念想一直在执拗地折磨着我，此时恰好我前往安徽文艺出版社洽谈合作事宜，在老朋友、安徽文艺出版社前副总编辑岑杰大哥的撮合下，我与老朋友、时任社长的段晓静和总编辑姚巍谈了想在安徽文艺出版社出版"青春诗会"女诗人手稿集和诗人精品手稿选的设想，当时段社和姚总都表示愿意合作。后来因为我将全部精力都投入"青春诗会"40年纪念活动之中，此事就暂且搁置了。

　　"青春诗会"40年系列纪念活动，仰仗《诗刊》社及李少君主编的全力支持，在疫情不断反复的情况下，2021年，我先后在四川泸州郎酒庄园和"第七届武汉诗歌节"期间，成功策划并举办了"青春诗会诗人手稿展"。这两个展览，选取了140余幅"青春诗会"历届参会诗人的手稿及著名诗人为"青春诗会"40年题写的墨宝展出，受到了各界人士的一致好评。2021年10月底，姚巍社长同意正式启动两本书的出版事宜。我内心狂喜，心中的执念终于变成现实了。

要想从475位诗人手稿中，遴选出百余位诗人手稿结集出版《墨韵青春——"青春诗会"诗人精品手稿选》（上、下卷），也并非易事。幸好有前两次"青春诗会诗人手稿展"作为铺垫，在此基础上，人选经反复调整，最终选定了174位。

入选的174位诗人，既有"朦胧诗"的代表人物梁小斌和当年声震诗坛的杨牧、徐敬亚、王小妮、王家新等实力派诗人，又有扛起当今诗坛大旗的吉狄马加、西川、欧阳江河等领军人物，更有于坚、西川、海男、林雪、曹宇翔、阿来、荣荣、汤养宗、大解、叶舟、张执浩、阎安、李元胜、娜夜、沈苇、胡弦、雷平阳等17位鲁迅文学奖获得者……

诗人手稿是呈现诗歌与美术之间隐秘关系的重要存在，它不仅体现了诗歌文本的现场感，更是书写美的展现和拓展。所谓"字如其人"，本书收录的诗歌手稿既是诗人们的代表作，又是一幅幅精美的书法作品，让诗歌与书法交相辉映。每一件手稿背后都站立着一位神圣的诗人，每一个汉字的内部都跳跃着一颗滚烫的诗心！

借本书出版之际，向一如既往支持"青春诗会"的谢冕先生、邱华栋书记表达由衷的敬意！向为本书作序的唐晓渡先生表示发自肺腑的感谢！向安徽文艺出版社姚巍社长、首席编辑宋潇婧女士致敬，是你们的慧眼和努力促成了本书的出版！同时向一直支持和关注诗歌出版事业的北京鸿儒文轩文化传播崔付建董事长表达感佩之情！

感谢为"青春诗会"40年奉献珍贵手稿的参会诗人们！

"青春诗会"万岁！

春夏之交识于北京和平里半半斋